獺祭記《だっさいき》

ノーマン・力久《りきひさ》

はしがき

歴史の潮流《ちょうりゅう》は、この度の史上かってなかった「新型コロナウイルス」の猛威《もうい》が世界的に拡《ひろ》がり、未曾有《みぞう》の巨《おお》きな試練を迎え、歴史の重大な転換期を体験しています。

これまでの文明のあり方、人間の生き方そのものが根底から問い直され、多くの国々や人々の苦悩は、歴史の巨視的眼から見ますれば、それは文明の偉大な転換点を形づくっているといると申せましょうか。

そんな中に、このエッセイ集『獺祭記《だっさいき》』が、コロナ禍で多くの人が不要不急の外出の自《じ》粛《しゅく》を促され、心身共に疲弊している時に、時の空間を埋め、癒《いや》し、勇気づけ、ポジティブに「これからが、これまでの人生を変えていく」、そのような変化に寄与することが出来ましたら幸甚《こうじん》でございます。

今回の『獺祭記』は、私が長年永住しておりますハワイの地元日刊紙・ハワイ報知の紙上に、編集局長の金泉典義氏のご尽力で二〇一五年二月から掲載させて頂き、また、新たにそれを、東京のカクワークス社の社長、福永成秀氏の温かいご協力を得て、上梓《じょうし》させて頂き、心から深く感謝申し上げます。

二〇二〇年九月　　ノーマン・力久《りきひさ》

目次

※本書は、ハワイ報知社刊行の日本語新聞・ハワイ報知の紙上にて、2015年2月から2020年9月まで連載されたエッセイ『瀨祭記』の一部を抜粋し、取りまとめたものになります。

老いの哲学

本来、老いの意義とは何であろうか。

それは、若かりし日を想い、感傷に浸る時期などでは決してないと思う。

人間は誰しも肉体的には必ず老いていく。若い時のようにはいかないものであり、病気になることも多く、健康のために賢明なる知恵も必要である。

しかし、もっと働こう、社会のために、人のために、未来のために…と常に前を向いて進み続ける心を最後まで失ってはならないだろう。

その尊高な精神の中に溌剌《はつらつ》とした長寿の秘訣《ひけつ》や健康の秘訣があるので、一切は、自分の心をどの方向へ向けていくのかにかかっていると思われる。

老いを単に死に至るまでの衰えの時期とみるのか、それとも、人生の完成に向けての総仕上げの時と捉《とら》えるのか…老いを人生の下り坂とみるのか、上り坂とみるのか…同じ時期を過ごしても人生の豊かさは天と地の違いがある。

また、人間の脳の重要な働きの中には、その人の生き方によって歳を経るごとに活発になるものがかなり有ると言われる。一部の精神能力は六〇歳代で衰えをみせ、多くの人は八〇歳までに明白に衰えるが、社会生活に参加している老人の場合は、精神能力が変わらないばかりか、進歩する場合すらあるという。

その反面、自分の生活の中に閉じこもる老人は、確実に衰えることにもなる。

医学的にみると、肉体的な成長のピークは二十五歳前後と言われているし、記憶力や学習能力に関しても、四〇から五〇歳の坂を越えると、その衰えが顕著になってくる。

しかし、社会の中で創造的、意欲的に活動を続けている人の頭脳は、肉体的年齢よりもはるかに若々しいと言われている。

〝老いとは〟人生の完結であり、人生昇華《しょうか》の芸術である。

そこに、その人なりの人生の軌道《きどう》というのか、社会へ向かって何らかの貢献を成し行かんとする情熱と、ひたむきな向上心がはらまれていると思われる。人生の真骨頂《しんこっちょう》は、五〇代以降に本当の発光力があり、いかに高齢になろうとも生涯青春の気概を持ち、自分らしくこの人生を建設と創造の連続早業《はやわざ》で飾っていきたいと願うものである。

活字文化

現代社会での書物は、洪水のごとく溢《あふ》れている。しかしそのうち、どれだけの本が〝永遠の価値〟のために骨身を削って出版されたものであろうか。

版を重ね、長く読みつがれる良書は少ないため、それ故に重版にはつながりにくく、各社ともすぐ次の新刊を出さないと版元の経営が苦しくなってしまう。

したがって、急ぐからどうしても粗製濫造《そせいらんぞう》となり、その結果として売り上げも伸びないので、そこでまた次の新刊を出すという悪循環が続く。

書物は溢れる程に多いが、読むべき良書は少なく、一時的な流行やマスコミの風潮にあえて反してでも文化の開花に貢献する出版社はほとんどなく、どんな本を書き出しているのか、また、どんな本を残そうとしているのか……。

それは著者だけでなく、出版人自身の魂の表現であろうか。


活字文化の復興こそ、病んでいる今現代の教育に精神と人格の深みをもたらしてゆく、大切な要素だと思われる。活字文化が衰退してしまえば、深い思索や考察が減り、刹那《せつな》的、衝動的な傾向に陥《おちい》らざるを得なくなってしまう。そうなれば、創造的な精神や自立の心が弱まり、膨大な情報量や時代の急速な流れに翻弄《ほんろう》されかねない。

そこに、権力などによる大衆操作の危険性も生じてくるのは必定《ひつじょう》であろう。


社会や国の変革は、民衆一人一人が賢明になり、自身を変革することから始まる。

そのためには、人間と人間の強靱《きょうじん》なつながりと共に、正しい哲学と活力をすみずみまで伝えゆく様々な新聞や出版物がどうしても必要不可欠となってくる。

正義と真実を話し、書き、印刷し、出版をする…その精神の闘争にこそ、人間の主体性があり、行動する知性の証《あかし》がある。


確かに現代では、出版界は商業主義との厳しい戦いかも知れない。売れさえすればそれで良しとする戦いでもあると思われるが、先人たちが命がけでもたらしてくれた「出版文化」の自由を乱用し、低俗と嘘の腐臭の中で、文化への志が死滅しかけているのは…それは書き手や読者の責任であるのか、それとも出版人の責任であろうか。

いかに貴重な精神遺産も、活字を通して受け継がれなければ、その価値は失われてしまうだろう。良質な真実の言論こそ、現代社会の健全性のバロメータであると常々思う。

本は文化の華《はな》であり、本は人間の証《あかし》である。

師弟

偉大な人生には、必ず偉大な人間、偉大な師匠との出会いがある。
人間にだけ師弟の世界がある。
師のない人生は、本当の人間世界ではなく、そこは動物の世界と言わざるを得ない。

師弟こそ、崇高《すうこう》なる人間向上の道であり、それは昔も今も、そして未来も永遠に変わることはない。

人間の生命に、ドロ沼の中に清く気高く咲く蓮華《れんげ》のように花開き、苦悩の現実の中で清楚に気高く慈悲と薫《かお》り、智慧《ちえ》と輝く壮大な叙事詩を詩《うた》ってくれる師が人間には必要である。

人生の中で師という原点を持つ人は強く、人間性の原点を忘れない。原点を忘れなければ、人間は進むべき信念の軌道《きどう》を見失うことはないからである。人の人生に於いてもっとも大切なのは、誰を師とし、誰を模範とするかであろう。

今日、師弟というと何か時代錯誤的な、封建《ほうけん》時代のような印象を抱く人が見受けられることが少なくない。しかし、いかなる道を極めるにしても、必ず師が必要であると思う。師弟とは、同じ理念を分かち合い、その実現に向かって戦う最高無二の同志である……そう言えるであろうか。

師弟は、いわゆる徒弟関係や主従の関係とは、根本的に異なるはずである。

これらを一方的な上下関係とすれば、師弟は平等な人間主義の結合であろう。そこには、弟子の自発の行動があり、師匠の慈愛というものがある。

師の慈愛も、弟子の決意も、師の智慧も、弟子の真剣さも、そしてまた師の期待も、弟子の成長も、すべてが凝結した永遠の生命というものを学び知って、無限の森羅万象《しんらばんしょう》の世界を旅するような気概を持ちたい。

爛熟《らんじゅく》の桜

行きつ戻りつの小春日和が続く中で、春爛漫《はるらんまん》の新緑と、多彩なる草花たちの競演の季節入と、日本列島は移り始めました。山里の家々の庭にも、小径《こみち》の樹々や、街角や公園の樹々の下にも、小さな陽だまりがこぼれ始めます。

まもなく、春の花の女王ともいえる〝桜の花〟が、繚乱《りょうらん》と咲き競うことでしょう。

桜は咲き薫《かお》ろうとする生命力に燃えており、生きて生きて、生き抜いていく象徴のように思われます。

列島のあらゆる桜花の樹の下で、やがて、あちこちで花見の楽しい宴《うたげ》が繰り広げられ、爛熟《らんじゅく》の春を謳歌《おうか》する人々の姿が見受けられることでありましょう。

古来、花見と申しますのは、花がどれだけたくさん咲き、しかも長い時を咲き続けるのかを確かめるための行事であったようです。なぜならば、桜の花がたくさん咲いて、長く咲き続けましたら、その年は豊作だと言い伝えられてきたからであります。

桜という絶世の美女に、人間誰もが心を奪われ、花を愛《め》でながら、昨今では個人的な花見だけでなく、会社ぐるみ企業ぐるみで、満開の花の下で酒を呑《の》み謳歌するという習慣になってしまってもいるようです。

満開の桜の花を観るのに、一人でひっそりと観るほうが好きだと言う人もいれば、訪れる人もなく、ささやかな小桜が咲く一本の木でもいいからその根元に一人でうずくまって、散りかかる花に塗れるのが好きだと言う人。あるいは、じっと散りゆく花ビラを見つめて、風流に、人生観を深く感じとりながら、満ち足りた時を過ごしたいと思う人もいます。

また、生き別れ死に別れ、裏切られ傷つけられて、ボロボロの年月を過ごしてきたとしても、桜の花はわずか数日間の花の命でありながらも、観る人の心を満たしてくれると言う人もあり、地位や名誉や名声や金の有る無しにかかわらず、花心を歓《かん》じとれなくなった人間こそが本当に不幸である…と言う人もいるようです。

私は思いますが、桜は昔の武士道にも似て潔《いさぎよ》く高貴であり、秋霜《しゅうそう》に勝つ万朶《ばんだ》の花だと言えましょう。


余談ですが、花吹雪の光景を見せてくれております満開の桜が、気前よく花ビラをまき散らしている葉桜が風に気持ちよく揺れていながらも、聞くところによりますと、ソメイヨシノなどは〝花芽〟と同時に〝葉芽〟も成長をしているそうです。

満開の花の陰で、桜はすでに次への先手を打っているのでしょう。瞬時もとどまることなく生命を創造し続けているのです。

葉桜という言葉は、新緑の桜だけを特に指すようです。

水ぬるみ、土筆《つくし》が顔を出し、春の序幕を告げ、桜が咲き誇り、散っていく……。

自然の運行は、リズムを形成しつつも軌道《きどう》を踏みはずすことはありません。

生命流転《るてん》の万物万象《ばんぶつばんしょう》に、わずかな些事《さじ》に冷静の眼を失い憎悪し、殺戮《さつりく》と欺瞞《ぎまん》をしあうことがいかに無意味で儚《はかな》いことであろうか！

ジャズの魂

ジャズはアメリカで生まれ、アメリカが誇る音楽文化である。

ジャズはアフリカから奴隷として連れてこられた人々に起源を持ち、ブルースや黒人霊歌、ゴスペルなどを基盤にして発達してきた音楽である。

アフリカの文化的な遺産も色濃く感じられるが、ジャズは特定の民族精神といった次元をはるかに超越した、新しい表現法に立った音楽である。

その証拠に、ジャズファンは世界中におり、日本にも熱烈《ねつれつ》なジャズファンが大勢いる。

ジャズは、アフリカ系アメリカ人から、世界の人々への贈り物である。

抑圧の苦悩の中から生まれたジャズが、今では苦悩を表現することに限定されず、むしろそれをはるかに超越した音楽として長い間広まってきている。

また、ジャズのもう一つの特徴は開放性である……。他の文化の影響を熱心に取り入れ、逆に他の文化に強い影響を与えてきているが、これらの特徴は人間精神の核心を成すものであろうか。


ジャズの本質は、楽器との〝対話〟にあり、そして楽器抜きの〝対話〟でもある。欺瞞《ぎまん》・見せかけ・ごまかし・下心などをすべて剝《は》ぎ取って自己を全面にさらけ出し、心と心、本質と本質でぶつかり合う……それがジャズの神髄《しんずい》なのである。


文化とは、一人一人の声であり、民衆の声の集積された表現ではないでしょうか。

その声は、ある場合には最悪の状況に対して民衆が上げる抵抗の声であり、ある場合はより良い、明るい未来を求める民衆の希望の表現と言えるでしょう。

ジャズとはまさに〝自由〟を謳《うた》う音楽であり、ジャズの自由奔放さはどんな抑圧的な支配者でも押さえ込むことは出来ません。

また、ジャズは即興《そっきょう》の対話を生み出す創造的な過程であり、そのような即興の対話によって、独断的な教義や、規定・命令といった表面上の束縛《そくばく》を突き破ることが出来るのです。

ジャズは今なお、改良と向上を続けておりますが、興味深いのは良い時代にも不幸な時代にも、ジャズが常に生き延びてきたという事実であり、ジャズは永遠の生命を持つ音楽だと信じています。

ジャズの演奏は、ミュージシャンに深い人間性と、何が起こるか分からないというチャレンジを与えてくれますが、それが即興的な演奏と関係してくるものです。

これは実に〝恐ろしい〟ことであります。

臆してしまうと恐れは怪物のように巨《おお》きくなる……ステージの上ではそれまでレッスンしてきたことなど忘れてしまい、自分自身が傷つきやすい存在に感じてしまう。

しかしながら、それに打ち勝つ自分自身の戦いの瞬間・勝利の瞬間を聴衆に見てもらいたいのです。その時、演奏している自身をして、無情の生命を超越した何ものかに到達したかのように感じるものです。

ジャズの演奏は、どんな不測の事態が起きようとも、困難にチャレンジし、勝利する勇気を与えてくれます。

ジャズのルーツに戻れば、アフリカ系アメリカ人は、奴隷制によって身にまとった装飾品こそ剝ぎ取られてしまったが、身体の心臓部は切り取られなかった……これは特筆すべきことで、そこからブルース、ゴスペルが生まれ、実にジャズが生まれたのである。

そして、このアフリカ系アメリカ人の経験から生まれたジャズは、すぐに白人世界によっても演奏され始めた。これはつまり、ジャズとは人間の生命を詩的に表現する音楽であるから、どんな苦難をも詩的に表現してしまう人間の精神力が、ジャズのリズムで、あらゆる人間の心をゆさぶるリズムと成ったのである。

奴隷であったアフリカ系アメリカ人は、リズムに合わせて拍手をとり、それを暗号にして互いに情報を知らせ合っていた。彼らの間では、奴隷主たちが気づかないうちに合図が送られていたが、そうした技術が洗練されて芸術的な技巧を生み出していった。

たとえば、タップ（軽い叩き）は、複雑なドラムの技法を生み出し、また、教会で謳《うた》われるゴスペルの音律や構造に改訂が加えられ、やがて教会を離れて一般の人々の間に浸透して新しい音楽の一部となっていった。

アフリカ系アメリカ人のミュージシャンたちは、自分たちにも音楽の才能があることに気づき、彼らは歌手となって歌をうたい、楽器を手に取って演奏し、音符を書いて作曲し、そして偉大なるジャズが生まれたのである。

このジャズ編は、私が尊敬してやまない友人であるハービー・ハンコック氏とウェイン・ショーター氏が日本の新聞の鼎談《けんだん》の中で語られていたジャズ史を参考にしたものです。

風雅《ふうが》

日本人は情念の民族と言われてきた。

山川草木、花鳥風月、それらと融合し、そこに最大の美を発見し、創造しゆく日本古来の風雅《ふうが》の心があるのであろうか。

代表的な短詩……。

俳句には必ず季語があって、極度に切りつめられた語句の中に季節感を謳《うた》い込んでいくのも、その指向性を示しているようである。

侘び、寂び、風流といった、日本人独特の美意識というものは、合理的な認識作用ではなく、自然の幽《かすか》な呼吸を研ぎ澄まされた感性で捉《とら》え、また表現しようとする姿勢から培《つちか》われたものであろうか。古来、我が国では〝秋〟といえば、暮れゆかんとするものへの哀傷、寂寥《せきりょう》の感慨を託すことが多かったようである。ものの哀れを尊ぶ日本的情趣の詩人たちにとりまして、この秋はこよなき詩情の泉であったことでしょう。

多くの詩人が名月に肝胆を照らし、樹々の紅葉に心を投射し、可憐《かれん》な虫の音に胸をうずかせて、幾多の傑作を謳いあげてきました。

そのように自然を慈《いつく》しむのは、山川草木にも〝心〟があり、生命が息づいていることを直観した、日本人の精神的情趣の伝統というものがそうさせてきたのでしょう。

人間も、その自然という生命の律動の環の中で、有為転変《ういてんぺん》を繰り返す存在であり、人間はこの自然と交遊することによって、自ら真相というものをはじめてつかみ取ったようです。また、そうした発想の中には…いつも自然との対話があり、その中から幽玄な詩が生まれたのでありましょう。

人間の心の奥に何を感じ、何を想うのか、幽遠なる大宇宙と共に静かに居座し、壮大にして悠美な自然的瞑想《めいそう》の精神世界を創り出した先人たちの心は、今もなお、馥郁《ふくいく》と流れ続けているように思えます。

日一日《ひいちにち》と夜が長くなっていきます秋の夜に、ふと仰ぎ見る月の光が心なしか哀しく目に映《えい》ずる秋は、静思の季節と申せましょう。

古来から日本人の美意識と言えば、狭い国土の中に様々な美を求めてきたようです。特に象徴されますのは、囲いの中に自然の美を創り出して、永遠の至高なる芸術を求めながら価値創造し、美の世界の生命を生み出してきているようです。

風雅という言の葉には、侘び寂びを感じさせ、束の間の己が生命を新たに問い直すことの出来得る人間の生命の奥深くに迫る耀《かがよ》いみたいな華でもありましょうか。

秋が深まるのを待ちわびていた山里の地には、キキョウ、ハギ、ススキ、クズ、オミナエシ、フジバカマ、ナデシコ…と秋の七草たちが日本の美の世界を創り出し、あの山河、この山河のあちこちには、紅葉が山肌を深き燠《おき》の色に染め上げます風情は、まさに錦あやなす一幅の名画のごとき美を演出します。

人間を季節の美に例えますれば、若人は春のごとき躍動《やくどう》の美であり、老人には静かなる秋の渋さや、枯淡《こたん》のごとき味わいがあるように思えます。

紅葉も、楓も、燃え盛りながら、秋という風雅な蒔絵《まきえ》を彩《いろど》り、千葉《せんよう》が舞い、万葉《まんよう》が謡《うた》う自然界の祭り…そんな山粧《よそお》いの中に佇《たたず》めたら、さぞ幸せを感じられるでしょう。桜の花の華やかさや潔さよりも、茫洋《ぼうよう》と色づき、緩慢《かんまん》に色褪《あ》せていく秋景色を好む人も多いでしょう。

枯れ葉が散り敷きます秋の野山の森の中の渓流のそばの踏み分け道をゆっくりと辿《たど》りながら、小径《こみち》を下るほどに、紅は重畳《ちょうじょう》と層を成すせせらぎのほとりの周りに、夢もかくやと思われる緋色《ひいろ》の谷が点在し、水も草もそして巌《いわお》も、赤々と燃えている秋景色の中に立ちますれば、日本のうたかたの風雅の歴史が目に泛《う》かぶようです。

小宇宙

地球の大地には、金や銀や銅に、多くの鉱物カリウム、カルシウムと、その他の元素が数多く蔵《しま》われている。

また、宇宙にある無数の原子、陽子、光子、電子、中間子などの素粒子、それに細菌などの微生物が善悪の作用とか、重力の法則、エネルギーの保存の法則など、その他のあらゆる法則を持ち、一個の小宇宙である人間の身体にもほぼ同様に関係をしている。

ちなみに、人間の身体の面で表せば、頭が丸いのは〝天〟であり、両眼は〝太陽と月〟を表し、両眼が閉じたり開いたりするのは〝昼と夜〟を表している。

〝髪〟は輝く星辰《せいしん》になぞらえて、〝眉《まゆ》〟は北斗七星に、そして〝息〟は風を意味し、〝鼻と口〟は静かな呼吸を山沢渓谷の中の風に、また、〝腹〟が常に温かい状態を「春と夏」に、〝背が剛《つよ》い〟のを「秋と冬」の四季になぞらえられている。


また、四体を春夏秋冬の四時に捉《とら》えて、身体の三つの大節の曲がるところの十二節を十二カ月に捉え、小さな節が三五六あるのを一年の三六五日に捉える。

そして、〝血管〟を小河と大河になぞらえ、〝骨〟は石などに、〝皮や肉〟を大地に、〝体毛〟は森林にそれぞれなぞらえ、〝内臓の五臓〟つまり心臓・肝臓・脾《ひ》臓・肺臓・腎臓を「五星」の水星・金星・火星・木星・土星になぞらえる。

頭が円《まどか》なのは「天」、足は「地」、身の内の空間が「虚空」と、人間の目には見えない生命の糸が、地球はもちろんのこと太陽や月や星辰を含めた全宇宙と我が身が、しっかりと結び合っている。

そしてまた、大自然の四大…地水火風が不調になれば、人間の身体も調和を乱すこと然《しか》りなのである。

「地」とは堅さを表し、地大は物を保存する作用をする。

これを人体に表すと骨髪毛爪、または皮膚や筋肉を意味する。

「水」とは湿り気を表し、水大のエネルギーは物を摂《おさ》め、集める作用を成し、人体でいえば血液・体液などの液体成分となって表れる。

「火」とは熱さを表し、火大は物を成熟させる作用をして、発熱と体温として表れる。

「風」とは動きを表し、風大は物を増長させる作用を成し、呼吸作用となって表れる。


このように小宇宙である人間は、全宇宙としっかり結ばれながら生き続けている。

また、たった一人の人間の身体には、地球二個分の血管が走り、畳一二〇畳分の腸壁が収まっており、その腸の中には約三〇〇〇種、一〇〇兆個と言われる細胞が棲《す》みつき、善と悪との闘いが日々体内で繰り広げられている。

小宇宙である人間の身体を構成する細胞の一つ一つが、無数の原子で出来ている。

「肝臓」には、約二五〇〇億の細胞があり、それが五〇〇〇以上の機能を持ち、幹細胞一つは、一分間に六〇万から一〇〇万のタンパク質を造っている。

「心臓」は一日一〇万回も鼓動《こどう》し、八トンの血液を全身に送り出し、それらが自在に動いて連携をとり合って外敵と戦っている。その様子はまさに、体内戦争のようであると言える。

外なる宇宙が無限であるように、小宇宙である人間の生命もまた、境界線などなく、外なる宇宙の運行と、自らの内なる宇宙の世界という〝心の運行〟の合一合体であると言えるであろう。

人間の生命の実在というものは、あらゆる事象の一瞬の中にあり、人間の生命の瞬間の中に自然や宇宙との絶妙なる関係があるが、地水火風や、波や草木などのあらゆる森羅万《しんらばん》象《しょう》の法則にも、人間自身の生命を離れての存在などないのである。

十六夜《いざよい》の月

関西地方に〈交野《かたの》〉という古代から続くところが在るが、現在の交野市は、その近辺が関西文化圏の中心地であったことが『日本書紀』に残されている。

この地には、古代の有力な豪族として知られている物部氏《もののべし》の一族がおり、当時の交野郡を本籍としていたことが古文書に残っている。

この一族は、淀川を下り、海から「難波」に上陸していたというが、生駒山麓《いこまさんれい》に根拠地をかまえ、一大文化圏を築き上げ、その後、東征してきた天皇家に引きつがれていくという歴史の流転があった。

その交野から観る月は格別に美しいとされており、今でも十六夜《いざよい》の月は、見事なる月天使との出会いとさえ言われている。

六〇〇メートルもの高さの峰々を、皓々と照らす満月。はるかな万葉の時代を偲《しの》ばせるが如きその光景は、圧巻であると聞く。

古《いにしえ》の万葉、白鳳の峰々の神秘な波が、現在と過去のへだたりを瞬間的に乗り越え、悠《ゆう》久《きゅう》の詩情を漂《ただよ》わせる演出とも言えるような、十六夜《いざよい》の月である。

それは宇宙と歴史と大自然が、完璧なまでに一つに融和した別世界のような絶妙な時空なのである。八月十六日の日を〝十六夜の月〟とはよく言ったもので、山の端を辿《たど》り、美女が美しい顔《かんばせ》を恥じらいながら、優雅に見せているような姿でもあろうか。

今でも交野の周辺には天野川という河が流れており、星田という地名さえも残っているが、『古今和歌集』には、在原業平《ありわらのなりひら》の和歌に、「飽かなくに／まだきも月の隠るるか／山の端にげて／入れずもあらなん」とある。

十六夜のあとの月も風流な呼び方をされている…立待月《たちまち》、居待月《いまち》、臥待月《ふしまち》と言われるように、日の出の時間によって、それを眺める姿と見合った名がつけられている。


ところで、なぜ月は昼間見ると白く、夜見ると黄色に見えるのだろうか！

それは、夜は太陽の光が直接私たちには届かず、月の表面で反射された太陽の光だけが届くので黄色に見え、昼は空気が太陽の光を散乱し、青い光が黄色い光に加わると、青い光もスペクトルの広がりを持っているので、黄色プラス青で白に見えることになる。

また、黄色い満月といえば、米国の医学気候研究所が報告した〝人間の行動に対する満月〟という研究資料があり、その資料には、放火、盗癖、無謀運転、殺人等々激しい精神的行動をともなう犯罪は、すべて満月の時にピークになるという。

そしてイギリスでは、二〇〇年前の法律の中に、慢性で不治の精神病によるものと、月によって錯乱《さくらん》した場合とで、犯罪をはっきり区別した一項があったという。

この事は、満月の夜の犯罪には寛大であった証《あかし》であろうか。

また、収容所の管理者たちには、満月の夜は持ち場を離れてはいけないという決まりもあったらしく、更に十八世紀の頃には、犯罪者が満月の夜に暴れることを恐れて、その予防策として、前の日にムチを打っていたともあるが、満月の夜の裏には解明できない〝何か〟があるようで不思議である。

人間と月とに直接的な生理的関連があるとすれば、こんな話もある。

アメリカの精神科医が長い間、患者の頭と胸との電位差を測定しており、その結果、満月の時にその差が最大値を示していることが分かったそうである。

それは、月の満ち欠けにともなう地球・月・太陽の位置関係の変化によって、重力の大きさや方向が変わり、それにともなって血液の流れ方などが変わり、電位差が変化する場合もあり、特に精神病患者のように精神的なバランスの不安定な人たちでは、そうした傾向が顕著《けんちょ》に出るらしい。

また、満月の夜には、医者は手術をしたがらなかったとも聞く。

お医者さんの専門雑誌には、手術における出血のピークは満月の時で、月は潮汐《ちょうせき》をコントロールしていると言っている。

そうだとすれば、医者が手術を避けたがったということも充分にうなずけるような気もする。この事は、月と人間の出血の関係を示す話に過ぎず、人間と月との研究は、まだまだこれからの段階かも知れないが、関係すると思われる現象をあげていくと、たくさんあり、どうしてもそのつながりを考えざるを得なくなってくる。

　イギリスではかつて、月を〝偉大なる助産婦〟とも言い、これなどは、月の周期と人間の出産時間とが密接に関係しているという、人々の昔からの経験から出た言葉であろうか……。

　また、死の場合に於いては、ドイツの医学者が、結核患者の死亡時刻についても、人間と月との相関関係があると報告している。

　結核による死亡は、満月の一〇日前が、最も高いと研究発表をしている。

　それは血液中の酸とアルカリの比と、月の周期につながりがあると推定している。

　そういえば、月夜のカニは食べるなと言うが、満月になると、カニの活動が活発になり、そのぶん身が少なくなるからだ…との説もある。これを昔から、カニの夜遊びだと言うらしい。

コスモス

秋桜〈コスモス〉は、すっきりとした立ち姿がとても可憐《かれん》で、花群れが風を捉《とら》えて揺れ交わしている。ようやく疲れの見え始めた夏草の中で、その身を伸ばし、やわらかく蒼天《そうてん》に揺れて、花々は合唱し虚空に浮かぶ。

「秋を運んできた風にコスモスの花が戦《そよ》ぎながら優しく揺れ動いている
コスモスは　ただ一つの秋に巡り会うために　生まれてきたようである
戦《そよ》ぐ風に　倒されても倒れたままに
天空に向かって　倒れたところからまた根を出して　逞《たくま》しく起きあがってゆく
あるかなきかの風にさえ、ほほえみ挨拶するとても繊細《せんさい》なこの花はたおやかで　強く　逞《たくま》しき花である
宇宙のような　涯《はて》しなき巨《おお》きなものと秋桜のような小さな花が〝コスモス〟という　同じ名であることは　決して不思議なことではなく　花は一つの宇宙であり　宇宙もまた　一

つの花なのだから」

吹く風、揺れ動き、咲き競う七草や、色づく樹々の葉に、人々は限りなき愛惜《あいせき》の念を覚えるのであろうか。

コスモスという言葉には、宇宙の複雑で微妙な一体性に対する畏敬《いけい》の念が込められているようである。

花にも風にも土にも生命がある。

その生命の永遠性というものを考えれば考えるほど、不思議で分からないことが多い。

〝天空は限りなく、大地は虚空《こくう》に浮遊しながら、思考も創造もないように存在する宇宙〟

地球上の出来事と、大宇宙内の出来事の間には、密接な関係がある。

生命を構成する要素は、ウイルスかバクテリアという微細《びさい》な形で発生したのだが、それは地球上ではなく宇宙の中にあった。

地球上の生命は、そのように宇宙で発生した微片が寄り集まって出来上がった。

どのような場所であっても、条件さえ整えば生命は根づき、進化する。

今や、天文学者や物理学者たちは、惑星や彗星が出来たのは、恒星が形成された当然の結果に違いないと考えている。したがって、銀河系だけをとってみても、その中には太陽系のような惑星が何十億とあるに違いなく、地球上の生命にいくぶん似かよった生命体が、そうした惑星系の中のかなり多くの惑星に誕生していると考えられている。

高等な知的生命体と出合うことは、古代からの人類の夢であった。

また、この宇宙にどれほどの文明が存在するかは、現代人が抱く関心事である。

生命の重要な属性はすべて地球外からやってきている。したがって、意識も知性も、また技術文明を発達させる能力も、同様に地球外から得られたに違いなく、もしそうだとすれば、生命の誕生するすべての惑星は、地球が通ってきたのと同様の過程、つまり、知性と原子力の開発を含む高等技術能力とが自然に現出するという過程を、いつかは経ることになる。これは絶えることのない宇宙自然の法則であろうか。

ところが…我々がそのことについて、まったく情報を持っていない問題が一つある。

それは、一つの高等原子力文明がどれほど長く存続出来得るか…である。

他の惑星でも、宇宙自然の法則は地球や太陽系と共通しているゆえに、その文明はいつかは〈原子核〉を発見し、原子力時代に入っていくと思われる。

したがって、この高度科学技術文明を長く繁栄《はんえい》させていくには、〈核〉の力をコントロールできる〝平和の思想哲学〟を確立しゆくことが必須条件であろう。

仮にその惑星上に生を受けた知的生命体が、平和を志向する哲学、宗教を持ち、慈愛の精神に満ちている状態でなければ、高等科学文明の安定は望み得なく、知的生命体がエゴと傲慢《ごうまん》に支配されていたのでは、〈核〉を悪用して、自己の文明そのものを破壊してしまうからである。

しかし、仮に平和主義的な哲学が我々の望み通りにいつかは優位を占めるようになるとすれば、多くの文明が数百万年続かないわけはなく、もしそういう状態が実際に続いてきたと仮定すれば、何百という数の知的文明が現時点に於いて、銀河系の中に共存していることになる。そして、もし我々が〝宇宙から今日《こんにち》は〟という最初の挨拶《あいさつ》を聴くことがあるとすれば、その時こそ人類史の行路が劇的に変わると思われる。

我々はようやく地球中心、自己中心の傲慢《ごうまん》な態度を捨て去り、それに替えて地球の生態系全体を、そして全宇宙を考慮に入れるという姿勢をとらざるを得なくなるであろう。

イギリスの詩人ウィリアム・ブレイクは、宇宙を詩《うた》った。

〝一つぶの砂にも

一世界が
一輪の野の花にも
一天が見え
たなごころに無限を
ひと時のうちに
永劫をにぎる〟

この宇宙の森羅万象の詩の一節に、アインシュタインをはじめ、量子力学の建設にたずさわった科学者たちが大きな影響を受けたという。

アレキサンドリア

我々人類の歴史の中では、輝かしい科学文明が花を開いたことが一度だけあり、それは、イオニア人たちが目を覚ましたおかげであった。

その科学文明の砦《とりで》は、アレキサンドリアの図書館であった。

そこでは二〇〇〇年ほど前、古代のもっとも勝《すぐ》れた学者たちが、数学、物理学、生物学、文学、天文学、地理学、医学などの基礎を築いたのである。

我々は、今もその基礎の上に立っている。

アレキサンドリアの図書館は、プトレマイオス王朝のギリシャ人の王たちによって建設され、そして支援され、この王朝は、アレキサンダー大王の帝国のうち、エジプトを遺産として譲り受けたのであった。


この図書館は、西暦紀元前三世紀に創立され、七世紀に破壊されたが、その間、古代世界の地上の頭脳であり、心臓であった。

アレキサンドリアはまた、地球上の出版の都であった。

その頃には印刷機は無く、本はすべて手で書かれ、高価なものであった。

この図書館は世界でもっとも正確なコピーの貯蔵庫であった。

大切な編集の技術がここで発明されて、現在多くの人々が持っている旧約聖書は、主としてアレキサンドリア図書館で創られたギリシャ語の翻訳《ほんやく》をもとにしたものである。

プトレマイオス王朝の王たちは、あらゆるギリシャの本や、アフリカ、ペルシャ、インド、イスラエルなどのほか、世界各地の本を集めるのに、自分たちの巨額の財産の大部分を使った。そしてプトレマイオス三世のエウエルゲテスは、ソフォクレス、アイスキュロス、エウリピデスの三人が書いた偉大な古代悲劇の手書き原本、または国の公式写本をアテネから借りたいと考えた。

アテネの人たちにとって、それらは文化的な遺産であった。それは、シェイクスピアの手書きの原本や初版本がイギリス人にとって大切なのと同じことであった。

アテネの人たちは手書きの原本を、ほんのちょっとの間でも、国外に出すことを渋《しぶ》った。そこで、プトレマイオス三世は、ものすごい額の保証金を積んで〝必ず返す〟と約束し、アテネの人たちはようやく悲劇の原本を貸すことに同意した。

しかし、プトレマイオス三世は、それらの巻物は金や銀よりもはるかに価値高いものだと考えて、彼は喜んで保証金を没収させ、原本を図書館に秘蔵した。アテネの人たちは怒ったけれど、プトレマイオス三世がちょっと恥じ入りながら差し出した写本で満足しなければならなかった。

一つの国家が、知識の追研をこれほどに熱心に支援した例は稀《まれ》である。

プトレマイオス王朝の王たちは、すでに確立された知識を集めるだけでなく、彼らは科学の研究と、そこから新しい知識を生み出すことを奨励《しょうれい》し、そのためにお金を出した。

その結果は目を見張るばかりであった！

たとえばエラトステネスは、地球の大きさを正確に計算しその地図を作り、「スペインから西へ航海すればインドに達する」と主張し、ヒッパルコスは「星は生まれ、何世紀にもわたってゆっくり動き、やがて消えてしまう」と予測した。そして、そのような変化を見るために、彼ははじめ、星の位置と明るさの目録を作り、ユークリッドは幾何学《きかがく》の教科書を作ったのである。

人類は二、三世紀にわたって、これらの本から大いに学んだ。

ケプラー、ニュートン、アインシュタインが科学に興味を持つようになったのは、ある程度この本のおかげであろう。また、ガレノスは、治療と解剖とについて基本的な本を書き、その本はルネサンス期に至るまで、医学の世界を支配していた。

そこには我々がすでに見知ってきたように、他にも数多くの学者がいたのであった。

アレキサンドリアは、西洋でそれまでに建設されたもっとも偉大な都市であった。あらゆる国の人たちがここに来て住み、取引をし、学問をして、どんな日にもアレキサンドリアの港は、商人や学者、観光客で賑わい、そこはギリシャ人、エジプト人、アラブ人、シリア人、ヘブライ人、ペルシャ人、ヌビア人、フェニキア人、ゴール人、イベリア人たちが、商品や思想、文化、経済を交換する場所であった。

ここでは「コスモポリタン」(＝世界人)という言葉が、その真の意味に於いて現実のものとなっていたのであろう…人々はある国家の市民ではなく〝コスモス〟(＝宇宙世界)の市民であったと、私はそう想っている。

アレキサンドリア図書館で最後まで働いていた科学者は、数学者であり、天文学者であり、新プラトン派哲学の指導者であったと記され、図書館の敷地近くには首のないスフィンクスが今日も横たわり、そのライオンに似た身体の近くから現代の極超短波の中継塔が見え、人類の歴史の糸が切れ目なく繋《つな》がっている。

ビックバンから現代までの宇宙の歩みを記した記録は、そのほとんどすべてが〝時間〟という風によって吹き飛ばされている。宇宙の進化に関する証拠はアレキサンドリア図書館のパピルスの巻物よりも破壊がひどいが、人間の祖先が歩いてきた曲がりくねった歴史の道を、勇気と知性を持って偲《しの》び見たいと思う！

ウラシマ効果

日本では、一〇〇〇年以上も語り継がれてきている、周知の〝浦島太郎の物語〟がある。

アインシュタインの特殊相対性理論では、光の速さに近づくと、時計の進み方は限りなく遅くなるという。つまり、地球で一年が経過しているのに、高速に近いロケットの中では、一カ月とか一日しか経っていないということになり、この事が、浦島太郎の物語に似ていることから、科学者たちは〝ウラシマ効果〟と呼んでいるのである。

我々の銀河には一定の物理法則があるが、他の銀河でも、まったく同じ物理が成り立っているという。しかし、二つの銀河の間にはヒズミがあるので、互いに他の銀河を見た場合、まったく異なる法則が成り立っているように見えるのである。

この見かけ上、異なる法則でも、時間や空間を測る目盛りを付け替えるという一定の法則から計算が出来ることを、アインシュタインは考えたのであった。

一言でいえば、我々が経験している時間や空間についての認識も、たとえば宇宙空間の他の天体に即して考えた時、違ったものになってくるという。宇宙空間には至るところで歪《ゆが》みやヒズミが出来ているが、地球の周りでも大きく歪んでいて、そこに重力場というものが出来て、引力の働きが起こり、その歪んでいる状態をいちばんよく知るには、光の性質で確認をするという。

太陽のうしろに隠れて見えないはずのない星が見える……アインシュタインは、この大宇宙の中での空間は、至るところで歪んでいたり、ヒズミをもっているので、時間の流れも種々に変化していることを理論的に瞭《あきら》かにして、地球に比べると太陽の周囲の空間の方が大きく歪んでいるから、太陽の近辺での時間は地球上での時間よりも短くなるという。

たとえば同じ条件で一〇〇メートル競走をした場合、同時に太陽と地球のトラックでスタートして、太陽上でゴールしても、地球上ではまだ走っていることになる！

アインシュタインの特殊相対性理論では、宇宙船がいくらスピードアップをしても、光より速くはならず、宇宙旅行が長くなればなるほど、地球時間との差、特殊な時差がはっきりしてくると説く。

銀河系の中のオリオン大星雲からの星の輝きは、二五〇〇年もの時を経てこの地球に届いているが、これを〝ウラシマ効果〟で計算すると、なんと、宇宙船では八年ほどで地球に着いてしまうのである。これは光が掛かる時間の一〇〇分の一以上となるからで、オリオン大星雲までは、地球時間の二五〇〇年に比べると、わずか八年！

無限大の大宇宙へ向かえば向かうほど、地球時間との差が開くのである！

そしてまた、十六年後にオリオン大星雲から帰ってきた時は、地球時間ではすでに五〇〇〇年も経っているのである！

したがって、宇宙船の十六年が、地球の五〇〇〇年もの〝時〟を含んでいることになる。

また、アンドロメダ星雲までは一九〇光年の距離があるが、〝ウラシマ効果〟だと一挙に十二万七〇〇〇分の一に縮まる訳だから、わずか十五年！　この宇宙船が地球に帰還した時は、出発以来の地球時間は何と実に三八〇万年もの時を経ている計算になるのである。

浦島太郎が竜宮城で過ごした天国のような楽しかった時間は、わずか三年間であったのが、実際には七〇年も経っていたという物語は、そうした意味がきちんと考えられていたのだと思わずにはいられない。

この〝ウラシマ効果〟の話は、宇宙生命の時間であると言えると思うが、宇宙生命の時間は限りなく拡大し、人類全体を含み、あらゆる生物をも含んで呑《の》みこみ、地球や星の占める物理的空間をも包含し、無限の宇宙と合一するものであろうか。

そこにはもはや人間生命とか、素粒子とか、月や星や太陽といった形態的な区別などなく、すべての生命体が、無生の物体も含んで宇宙生命そのものとしてウズ巻いている。


それはまた翻《ひるがえ》ってみれば、大宇宙のすべての現象というものを動かしているのである。

そうした現実の宇宙の実相というものを識《し》るのには、宇宙科学者たちが追い求めている宇宙に遍満《へんまん》する星間電波の波長や、生命空間に流れる〝波長〟といった、宇宙哲学というものを深く学ばねばならないと思う。


我々人間は宇宙と一体であり、森羅万象《しんらばんしょう》の宇宙の綴《つづ》れ織《お》りの輝かしい生命の糸であることを自覚すべきではなかろうか。

〝人間の根源にある古里、それは我々がそこから生まれた。宇宙という大いなる一つの生命！

人も、花も、動物も、星々も、みなそこから生まれた。千枝万葉の一根の永遠の世界である！〟

占星術《せんせいじゅつ》

太古の昔から、人類は宇宙に於いて自己の占める位置について考え続けてきた。地球が置かれているこの果てしなく偉大な宇宙と自分たちとが、何かが関係し合っているはずだと考えたのであったのだろうか。

数千年前、占星術《せんせいじゅつ》という疑似《ぎじ》科学が発明されていたが、それは子供が生まれた時の各惑星の位置が、その子の将来を決定する重要な役割を果たすと考えられていたのである。

移動する光の点である諸惑星は、何らかの神秘的な理由から、神々だと考えられた。

人類は虚栄心から、宇宙を自分自身のために設計されたと思い込んだのである。

惑星が神と思われた理由は、たぶん、その運動が不規則に見えたからであろう。

惑星〝プラネット〟という言葉は、ギリシャ語の彷徨《さまよ》うからきている。

神話に登場する神々の予想できない振舞《ふるまい》は、諸惑星の、一見予想できない運動とよく照応するように見えたのであろう。

神々は規則に従わない……惑星も規則に従わない故に、惑星は神である式の三段論法であったのかもしれない。


古代の神官階級の占星術師は、やがて惑星の運動が不規則ではなく、予知できるものであることを発見したが、その事実を自分たちだけの秘密にしておいた。人民を不必要に不安に陥《おとしい》れ、宗教的信念を動揺させ、政治権力を支える柱を腐食《ふしょく》することはないと考えたのである。

しかも、太陽は生命の源泉であり、月は干満《かんまん》を通じて農業を支配している。

これは特に、インダス河やナイル河、揚子江、チグリス・ユーフラテス河などの流域ではそうであった。それならば、太陽や月よりも弱い光を持つ惑星が、人間の生涯に微妙な、しかも重要な影響力を持って何の不思議があるだろうか！

占星術の誕生以来、こうした宇宙と人間の間の相互関係、つまり連帯を探そうという気持ちは少しも減ってはいなく、科学は進歩したけれども、同じ人間的要求は今もなお存在しているのである。

今では我々は、惑星が多かれ少なかれ、我々の生きる地球と似た世界であることを知っており、生まれたばかりの赤ん坊に、その光や重力が何の影響も及ぼさないことも知っているし、宇宙にはその他にも小惑星とか、彗星とか、パルサーとか、クエーサーとか、爆発する島宇宙とか、ブラックホールも！

占星術を発明した古代の瞑想家《めいそうか》たちの夢にも知らなかった様々な天体があるのを知り、宇宙は、占星術師たちの想像も及ばないほど、果てしなく拡《ひろ》いのである。

占星術は、時代と歩調を合わせようとはしなかった……そのため、たいていの占星術師の行った惑星の運動や位置についての計算は、ほとんど不正確であった。

ホロスコープ〝天宮図《てんきゅうず》〟を用いて占った未来や、生まれた赤ん坊の性格が、統計学的に多少とも意味のある適中率を示したという研究も無ければ、最近発見された新しい宇宙のエネルギー発生源を説明するために、電波占星術とか、X線占星術、あるいはガンマ線占星術などといったものが出来たとも聞かず、にもかかわらず、占星術は今日《こんにち》でも非常にポピュラーなものであり続けている。

頭のいい、社会的にも信用のある若者たちが、通りいっぺん以上の興味を占星術に対して抱いている現代であるが、おそらく、天文学者の少なくとも一〇倍の占星術師がいると思われる。アメリカ国内の大多数の新聞は、毎日占星術の星占いのコラムを続けている。それは、広大無辺な恐るべき宇宙の中で、人間であることに意義を見いだすという無言の必要性を満足させており、我々が何らかの形で宇宙と結び付いているという感覚…ある種の幻覚剤や宗教体験と共通するものを味わいたいという気持ちを満足させてくれるからであるからなのだろうか！

だが、現代天文学の偉大な洞察《どうさつ》は、中世の占星術師たちが想像したのとはまったく違った意味で、我々が宇宙と固く結び付いていることを証明しているのである。

最初の科学者や哲学者たち、たとえばアリストテレスなどは、天界は地球とは異なった物質、純粋で汚染されていない天上物質から成るであろうと想像していた。

だが我々は今日、そんなことはまったくないことを知っている！　小惑星から迷い込んだ隕石という名の宇宙の断片も、アポロ宇宙船の宇宙飛行士やロシアの無人ロケットが持ち還った月の岩石も、太陽から吹き出して地球より更に外側にまで拡がっている太陽風も、またはるかに遠い宇宙で爆発しつつある星や、その残骸から発生している宇宙線も、そのすべてが、この地球上にあるのと同じ原子が宇宙のどこにでもあることを証明している。

占星術の見果てぬ夢が…人間の個人個人の性格を星が命じているというようなことは、現代天文学によって満足させられることはなかろう。

しかし、宇宙と人間との関連を探し、その真の姿を理解したいという人間に深く根差した欲求は、天文学の一つの明瞭なゴールと考えられると思われる。

臨死体験

古来、生命の永遠性についての論議は、あらゆる思想・哲学・宗教の根本テーマであったが、近年に於いては生命への探求への一つのアプローチとして、臨死体験が注目を集めている。

臨死体験とは、事故や病気などで昏睡状態に陥《おちい》り、刺激に対して反応しなくなり、時として心停、人工呼吸器装着の状態になったにもかかわらず、〝その時の状況を見ていた〟または〝肉体から離脱して光の生命に出合った〟などという表現で語られる体験である。

臨死体験は、死に臨んで死をかいま見た体験であり、意識を回復して語ることが出来るということは、死体験そのものではない！

しかし、もし臨死体験の中に、たとえその一部でも死後の存在を示唆《しさ》するものがあるとすれば、人間の死をたんに生物学的・生理的側面のみで判断することは出来なくなると思われる。これまでに世界的権威な内科医や、精神科医・超心理学者などが研究成果を発表してきているが、臨死体験を通じて死後の生命を確信するに至っている。

そうした研究や記録された臨死体験が大体同じパターンであり、そこに共通しているのは、肉体を離脱した自分を意識していることのようである。

臨死体験の共通の内容については、〝肉体離脱体験〟と〝超俗型体験〟とに分けてあるようだが、前者の場合は身体を離れた自分を意識している体験であり、後者は光に出合ったり、他の霊的存在に出合うといった種類の体験であるが、超俗型体験の特徴は、その人の過去の宗教的体験によって決定されるといい、たとえばキリスト教徒の場合は、たいていその体験を天使などの聖書伝承と関連づけ、述べている。また、そうした具体的な事柄が、外なる霊的世界が仮にあるとして、その実像を表現しているのか、それとも主観的な精神が生んだ概念《がいねん》であるのか、つまり、肉体を持たない心が存在すると仮定をすれば、そのような具体的描写が可能なのは、その心が以前の、言うなれば、体験の状態を今もなお感じていることを意味するに違いないからであるのか！

多くの臨死体験では、生涯の出来事を一瞬のうちに回想するとも言われるが、少なくとも、死後に心身のすべてが消失してしまうのではなく、何らかの状態で存在する可能性を示唆《しさ》する現象ではないだろうか。

日本の民俗学者によると、古代から近代にかけて、臨死体験に類する体験は『日本霊異記』に数多く伝えられているという。

この種の体験は、死後の存在を示唆するものではなく、心理学的・薬物学的に説明出来ると言う人たちもいるが、しかし、心理学・薬物学・神経学的な解釈だけではいずれも、臨死体験の内容を十分には説明はしきれてはいないようである。

だがしかし、何と言っても研究の対象となった個人の有機的な脳は、臨死体験をした時には、死んではいなかったことを忘れてはならないだろう！

順《したが》って、こうした現象の心理的ないし薬物学的な説明は、頭から除外することも出来ないと思われる。ただ、それまでのデータを額面どおりに受けとれば、それは死後に意識が肉体を離れ、孤立した個性と存在を持つという仮説とは、まさに一致すると思われる。

また、死人の恐怖をどう克服するのか、死の恐怖はもっぱら無知から来ているものとも聞くが、つまり死という体験がどういう性質のものなのか、そして死後に何が待ち受けているのかということを知らないで、我々はみな、この問題をやがて自分自身にやってくる死に対して物質主義な立場から取り組み、信念も物の見方もすべて物質中心であるからで、生涯極端に物質主義的な世界に浸りきりになるのであり、生命を大事にするのも、その物質的属性を尊重するからに他ならなくなり、死によって自分の物質的属性が最終的にすべて自分のものではなくなると考える傾向があるから、死を恐れるのだと思う。

この事は、生きている時に自分の物質的所有物のどれ一つでもそれを失うことを恐れるのと同様であり、人々は明確に、非宗教的、非精神的な世界に住んでいるだけに、死の捉《とら》え方がこれまで以上に問題になろう。

確かに現代人は、物質主義的な世界観と、欲望・貪欲《どんよく》に振り回された社会の中に生きているが、その結果、現世主義に逃避《とうひ》し、心の内奥の世界や死のことを考えようとしない刹《せつ》那的《なてき》な人生になりかねない傾向にあり、なかには死に直面してはじめて不安や怒りや恐怖に襲われ、成《な》す術《すべ》を知らない状況さえあるが、すべてを物質的観点からしか考えることができないためか、死が襲いかかってくるとまず、今世に築き上げた物質的環境・金銭・財産にまつわる名声や権力などの喪失《そうしつ》を恐れるがしかし、死への恐怖の奥には、自身の肉体が物質的に崩壊《ほうかい》すれば、その事によって自己自身が断絶し、消滅してしまうという底知れぬ絶望感が待ち受けているではなかろうか！

而《しこう》して、心の世界、精神の領域、宗教の分野に眼を向ける必要がここにもある。

一般的に死の切迫を自覚した時の患者が辿《たど》るプロセスについて、キューブラーが『死ぬ瞬間』で五段階説を唱えているが、まず自己の死そのものの〝否認〟が起こり、次いで否定出来なくなると、運命や宿命への〝怒り〟が突き上げてくる。更には神仏との〝取り引き〟に入る人もいて、それでも効果がないと深い〝抑うつ〟の状態に陥《おちい》り、最終の〝受容〟は人によって千差万別であり、日本では若干《じゃっかん》様相が異なっており、つまり抑うつの感情がプロセスのほとんどを支配することが多いようである。

それにしても死に直面すると、怒りや抑うつなどの煩悩《ぼんのう》が心の中に荒れ狂うことは共通していて、宗教者の役割はまさしく、怒りや抑うつ状態に陥り、苦悩する患者に積極的に関わり、苦しみを悲哀のプロセスではなく、残された生を充実と自己実現、更には創造的歓喜のプロセスへと変換させていくことにあるのだろうか。

宇宙の革命

人間は常に未知なるものに対して、限りなき好奇心と探究心を燃やしてきた。まず、この地球上の大地と大海に向けられた好奇心は、大探検時代、大航海時代と呼ばれる歴史上の現象を生み出し、地表面はほとんどくまなく究明されてきている。それらはもちろんごく浅く、表面的に認識されるようになっただけで、深く探求するとなればどこまで行っても際限がなく、一応はどこへ行ってもすでに先人の踏んだ跡があるということから、二〇世紀後半に入ってからは、唯一未踏の世界として宇宙空間に眼が向けられるようになった。

しかし、地球の引力圏を脱出して宇宙空間へ飛び出すには、莫大な費用と技術とエネルギーが要求されるのである。

宇宙への夢は、はるかな昔から人類の心を占めていたわけだが、それを可能にするこれらの条件が整ったのは、二〇世紀後半になってからである。

これらは、軍事技術の一環として発達し整ったものであったから、宇宙開発は人間の科学的好奇心と冒険を求める心の成果であると共に、当時の米ソの国家的威信と軍事技術の開発の一変形でもあったと言える。

更に地球上における人類の生存についての危機感から、あたかも〝ノアの方舟〟のように、絶滅を逃れる手段として考えていた人もあったようである。

もちろん現在の技術では、一人の人間を宇宙空間に送り出すのに要する費用は、あまりにも膨大であるが、あるいは近い将来、もっと安価で宇宙旅行が出来る技術が開発されることであろう。

宇宙探査は壮大な成果をあげ、二十一世紀に入ってもその成果は関連分野で科学進歩の促進を続けている。

新たな宇宙計画からは、更なる知識と技術の進歩が生じると思われるが、しかし、計画そのものが莫大な財力、資金、才能を必要とするものであり、それらをもっと別な道に適用すれば、より有益な成果を生み出すと思っている人たちも多いのである。とは言うものの、人間はより新しいものを求めて、あるいは知りたいと願う何かを調べるために、宇宙空間へ乗り出そうとする考えを決して捨てるべきではないと思う。

はるかな宇宙の彼方に拡がる未知なる神秘の魅力と、可能性をはらむ様々なる魅惑、それに新たな軍事的足場への希望が、人間を宇宙に駆り立てている。
なかでも軍事的目的が最大のものであることには疑いの余地がないことは瞭《あきら》かである。

またもう一つ、この地球の様々な諸問題から逃避できないことへの〝幻想〟もあろうか！ともあれ大国の軍事上のもくろみがまったく無くなったとしても、なおかつ人類の宇宙冒険は続くであろう……。なぜなら、そこに宇宙があるからであり、また、我々が宇宙のすべてを知ることを希《のぞ》み、可能な限り、どこにでも人類の存在を示したいと望むからだと言いたいが、しかしこのような態度や人類の宇宙計画も、あくまでその前提として、それらが我々の敵愾心《てきがいしん》や戦闘衝動を募らせないという、あるいはまた、我が故郷たるこの〝母なる大地〟が最大の思いやりを要する未解決の問題に満ちていることを忘れないとする条件付きであるならば、結構なことでありましょう。

その未解決の問題の最たるものは、我々の親であり不可欠かつ永遠の生命の源泉である〝地球の自然〟と人間との恐るべき関係が引き起こしているものであり、これらの関係を矯正することこそ、我々の最優先の目標でなければならず、それは宇宙生命の尊厳である。

宇宙構造の中で目に見えない物質があり、元々モノが誕生した時には光の速度で動き回り、互いにほとんど関わりをもたない〝粒子〟しかなかった宇宙に、どうして現在のように様々な物質があふれているのか！

様々な重力を持った粒子たちは互いにくっつくことがやがて出来るようになり、原子を創った……。これらが物質の始まりと言われ、星や銀河や生物など、宇宙が〝モノ〟で溢《あふ》れるようになった。

つまり、質量を得た粒子がくっつき合い、陽子や中性子を創り、やがて原子を創り、数億年かけて星や銀河が生まれ、現在の宇宙につながっていると科学者たちは言う。

宇宙科学の研究者たちが半世紀にわたる歳月をかけて探し求めてきた〝神の粒子〟と呼ばれている宇宙の神秘の謎として、ついに「ヒッグス粒子」が発見されて間もない。

現在人間の目に見える星などの物質は、宇宙の四パーセントを構成しているに過ぎないが、九十六パーセントは、目に見えない不気味で正体不明の〝暗黒物質〟であり、残りはまったく未解明の不可解なダークエネルギーであり、これは、科学者たちに〝宇宙の幽霊〟と呼ばれるミッシングマターである。

先のヒッグス粒子の発見は、遠からずして、未解明な正体不明の、宇宙の謎の粒子群の解明をするその糸口になると言われている。

いずれにせよ、これからの宇宙の革命は、我々人類が周章狼狽《しゅうしょうろうばい》を続けることは間違いなく、今後、宇宙時代が更に進むとすれば、一連の新しい基本的な哲学概念が生まれ、それがこの先、数世紀にわたって人類に大きな影響を及ぼし続けると、私は想う。

映画と青春

ハワイ報知紙上に、世界の映画の名作が紹介されているが、読むたびごとに、我が青春時代をなつかしく想い出し、半世紀前にタイムスリップしながら、名画の世界に浸《ひた》り、走《そう》馬灯《まとう》の光の中で心が踊《おど》っている。

私は九州の佐賀に生まれ育ち、佐賀市内に小学六年から高校を卒業するまで住んで居たが、自宅のすぐ前には朝日館という洋画専門の映画館があり、「戦場にかける橋」や「誰がために鐘は鳴る」など、昭和三〇年代のはじめの頃の当時の洋画を観ていた。

また、自宅の横には邦画館の大映の直営館が在り、呉服町界隈《かいわい》に犇《ひし》めく、東宝、松竹、東映、日活の各映画館に、学校の補導係の厳しい目を逃《のが》れながら通い続け、青春を謳歌していた頃を想い返している。

当時の日本列島での津々浦々《つづうらうら》では、娯楽といえば圧倒的に映画しかなく、邦画も全盛時代を走り続けていた。

やがて高卒後は、上京して東京の大田区内に就職したが、この頃は、水原弘の「黒い花びら」の唄が大ヒットしていた。

会社の近くに、東京映画の小さな撮影所が在り、はじめて映画のセットに遭遇《そうぐう》した時は、驚天動地の感動の連続であった。

丁度、山本富士子さん主演の「濹東綺譚《ぼくとうきたん》」の撮影中で、映画青年の私は、撮影所の所長さんに直談判《じかだんぱん》してアルバイトを許可され〝雑役〟を得、ついに映画界の仕事の夢が叶《かな》った。

その一年後、世田谷の東宝撮影所の照明係の仕事を得、更には、あこがれの日活撮影所に移り、ついに念願の石原裕次郎さんとの出会いが叶った。

あれから幾星霜《いくせいそう》……時は流れ、年振りゆく中で二十一世紀を迎え、その映画狂の青年は、今ではハワイの地に永住し、作家人生の道を歩み、ハワイ報知紙上にて『獺祭記《だっさいき》』の連載をさせて頂いている不可思議な人生の晩年を送っている。

考えてみると、映画狂いの青春を送ってきたことで、その時世時節《ときよじせつ》の映画を通しながら、日本史や世界史をどれだけ学んだことか！　「ベンハー」や「クレオパトラ」で、ユダヤ民族・ローマ帝国の歴史を学んだ。

「風と共に去りぬ」で、アメリカの南北戦争を知ることができた。

「アラビアのロレンス」で、第一次世界大戦当時の中東事情を学ぶこともできた。

また、「ドクトル・ジバゴ」に触れて、ロシア革命の動乱期に思いを馳《は》せた。

そして「史上最大の作戦」や「大脱走」の映画では、文字通り手に汗をにぎるナチス・ドイツと米英連合軍の大攻防のスペクタル・ドラマに心を躍《おど》らせていた。

ある人は言っている。「小説は小銃で、映画は大砲の力を持っている」と！

映画の名場面や主演、出演者の演技、そしてBGM（映画音楽）の旋律は、年老いてもなお、我が生命の中で鼓動を続けている。

映画ばかりではなく、『三国志』や『レ・ミゼラブル』、そして『戦争と平和』や『老人と海』等々、映画と同じく小説の読書からも、いかに日本史や世界史を学んだことか……。

歴史を学ぶことは人間を学ぶことであり、人間の生き方を習い学ぶことでもあろう。歴史軽視の昨今の教育環境は、大きな問題をはらんでいると言えまいか。

人間は意味を求めて止まない動物である。何のために生き、何のために悩み苦しむのか……。人生の浅深《せんじん》、高低《こうてい》も、その目的により決まると言えようか。

あまりにもひどい昨今の人間生命への軽視、倫理の荒廃《こうはい》、勤労意欲の減退、青少年に表れる魂の病理も、人生の一つ一つの課題に〝意味や目的〟を見出せないという点に、根本的原因があるように思われる。

往年の名画や名作は、常に夢を与え、また投げかけてくれていた。

また、観客も読者も、素直に映像や文学の世界に我が身を投じることが出来得ていたと思うのは、私一人であろうか。

超常現象

二十一世紀もすでに十六年目に入り、現今の世の中は、コンピューターを基にしたあらゆる産業が躍進し、ＩＴ関連の技術発展に見られるように、未曾有《みぞう》の科学文明時代を突き進んでいる。

しかしながら、科学技術文明の目覚ましい発展と進歩が、確かに人間の日常生活のレベルの向上を高めていることには違いないが、人類が生きていくことや、個人の幸福や国々の平和が守られているかといえば、その実態は決してそうではなく、世界的な経済の格差と不安定さ、テロリストの目にあまる蛮行《ばんこう》に、難民の続出と、いつ止むとも知れない人間生命の軽視に、核の脅威が、文明が進めば進むほどに益々《ますます》に複雑化をして、経済の競争や落とし穴が多くなってきているのが、昨今の現状ではなかろうか。

また、生活に満足しながらも心の空洞化に病み悩み、いつの間にか不幸に陥《おちい》っている人も見受けられ、正直な道を歩くつもりでいても、つい足を悪へと滑らす人もいる。

思想、哲学、宗教、教育などの世界は、今日人間界に於いては、益々《ますます》に精神面でのカオスが強まり、問答無用とばかりにエゴイズムを垂れ流し、目に見える物質世界の表と裏の実情が、宇宙生命である森羅万象《しんらばんしょう》の、あらゆる生命の息の根を止めかけているおぞましい〝水の惑星〟の地球の現実であろう。

仏教の経文の中に、「生命の空観《くうかん》」や「空《くう》の概念《がいねん》」という言葉がある。

この事は、宇宙空間に浮遊《ふゆう》している、物体や形を持たない、眼には見えない〝生命群〟のことを表現している。

眼には見えない宇宙生命の偉大な意識、超絶性、霊性……またある種の高次元の世界から意識が伝えられ、授《さず》けられた「宇宙生命の波動や波長」のことである。

外なる宇宙の法則と、人間の内面を貫く内なる宇宙の普遍《ふへん》の法則に迫《せま》りゆくものであり、順《したが》って外なる宇宙を視《み》つめることは、内なる小宇宙である人間自身を視つめることになり、その逆もまた然《しか》りである。

この事はつまり、地球という惑星の中で生きている人間が、地上に於いて肉体と精神が覚知《かくち》〈悟り知る〉することによって、超常の精神世界〈超能力を有すること〉へと昇華《しょうか》することが可能であり、四次元以上の精神世界を歓《かん》ずることが出来るのである。

一〇〇年前の一九一六年に、物理学者のアインシュタインが相対性理論の中で、宇宙の空間にはヒズミや歪みが揺れ動き、重力波があることを予言していた。

今年の二月十一日にワシントンで、米国の大学を中心とした国際チーム〝LIGO〟が記者会見を行い、二個のブラックホールが合体した時に放たれていた〈重力波〉を観測したと発表している。


この〈重力波〉の直接観測は世界初であり、この発見で宇宙の成り立ちや謎を知る手がかりになると言っている。

アインシュタインの予言では、ブラックホールのような重い物体が激しく動くと、宇宙空間の周囲の時間の流れに歪みや揺れが生じ、波のように拡《ひろ》がるという！

今後の宇宙科学では、これまでのような光や電波で見えなかった天体や、生まれたばかりの宇宙を詳しく調べられ、更に「宇宙の波」の謎が解き明かされるであろうと！


この発見で、新しい重力波天文学がスタートして、人間という〝種〟の生命体にある目に見えない精神世界の宇宙生命が潜在的〈魂〉や神経を有し、それは目に見える宇宙の構造と眼に見えない不可思議な人体構造とが存在する言わば〈超常現象〉である！

眼に見えない宇宙根源の生命的パワフルな力が、眼に見える現象の物質世界を突き動かす……。科学的な裏付けを持つ宗教と、高度な哲学を持つ科学との対峙《たいじ》が生み出す神秘的な不可思議な謎は、その根拠となるものは人間の人智では到底分からず、懐疑《かいぎ》的で不可知《ふかち》な精神世界であり、形而上学《けいじじょうがく》的な、ハッキリとした眼に見える形が無く、その存在する〝超能力〟はミステリアスなものであり、そうした超常現象を起こすのは、あくまでも眼に見えない〝精神世界〟のものである。

ために、科学の領域《りょういき》を超え、脳科学や生物学、心理学や宗教の世界に於いて長年追研されてきているが、先に発見された〈神の粒子〉ヒッグス粒子や、質量を持つニュートリノ、そして今回発見された〈重力波〉などが、大宇宙の空観に遍満する無気味な粒子群の正体を解明する糸口となり、人工知能で、意識と感情を持つ人造人間の〝アンドロイド〟の存在が今、科学者の間で話題になっており、この正体もやがて解明されると思われる。

超常現象の謎は、あくまでも高次元、異次元の精神世界の出来事を〝空の概念と宇宙の生命空歓〟を覚知《かくち》してこそ、不可思議な現象として捉《とら》えられると思われる。

その謎は、つまり、人間としての精神と肉体が完全に宇宙生命と境智冥合《きょうちみょうごう》した時に、はじめて人間を超えた世界が拡《ひろ》がり、その超能力は、人間生命から発する〈魂〉の巨《おお》きな

〝波動〟と視るべきであろう！

この事を端的に表現すれば、宇宙空間にテレパシーを放ち、ＵＦＯとの交信をすることに関わりがあると思われる。

女性の創造について

トルストイの『アンナ・カレーニナ』の有名な冒頭の一節に、〝すべての幸福な家庭では互いに似かよっているが、不幸な家庭では千差万別に不幸の趣を異にしているものである〟とある。

家庭という言葉を婦人に置きかえれば、その実感が、かなり鮮明に伝わる。

確かに〝不幸〟という言葉でくくってしまえば一つであるが、その実態は実に様々であろう。悩みのカタチや原因は異なり、なかには想像もつかないような苦悩をかかえた婦人も、きっと多いと思われる。しかしながら、世界の婦人に共通の特質を見いだすのは、どこの国の婦人も、それぞれの不幸や逆境に限りなく耐えながらこれを乗り越えておられるという事実であろう。

こうした婦人のけなげな、目には見えない艱難辛苦《かんなんしんく》の闘いの苦労は、いつの時代にあっても、その時代その時代を大きく支え、育んできたのではなかったろうか……。
世界共通の婦人の姿を普遍化するならば、今後の婦人の〝創造的な生き方〟が、これまでは目に見えなく、あまり気付かれることもなく見過ごされてきた中から、やがては発見され、新たな婦人像が描き出されるのではなかろうかと思われる。

その昔……女性は、五障三従《ごしょうさんじゅう》といって、仏に成れないばかりか、魔王にさえ成れぬと！従うということのみが唯一の人生指導であり、世の中に何が楽しいといって、女に生まれてこなかったことほど、楽しいことはないという……女性に言わしむれば、まったく〝悪罵《あくば》の極致〟とも言うべき言葉が堂々と罷《まか》り通ってきたのが、従来の男尊女卑《だんそんじょひ》的社会構造であった。
こうした罵詈雑言《ばりぞうごん》に反論も許されぬほど、女性はその人間的な芽生えを、圧迫され続けてきた。而《しこう》して、独創的な生き方など望むべくもなく、ひたすらに与えられたものを受け入れつつ、自分のわずかな箱庭に閉じこもる以外になかったようである。

現代心理学が指摘しているのは、男性は論理的、抽象的な能力に於いてすぐれているが、女性は感情的、直感的に思考する傾向があるという。

発明や創造には、物事を論理的に考え、それらを抽象化する能力が必要であるから、創造による文化形成能力は、女性に欠けていると言われているが、したがって女性の心が一般的にいって、ある種の心的作業に対する能力を欠いていることは否《いな》めない。

たとえば哲学、芸術、技術の分野がそうで、それも模擬《もぎてき》的あるいは評価的活動ではなく、創造的活動を問題とする限り、女性には天分がないとまで断言することになってしまう……。ここに、悲しいまでに創造の芽を摘み取られてきた女性の過去の忍従《にんじゅう》の歴史が浮かび上がってくる。

ニューギニアに存在するチャムプリ族という種族は、女性は何でもやってのける性質があり、集団の中央に位置しているのに対し、男性は受動的で、集団の端の方に常に座っており、警戒心が強く、無数に些細《ささい》な侮辱やうわさ話に興味を持っていると聞く。

女性と男性の生物学的、肉体的差異を否定することはできない。女性は出産し、育児をしなければならないが、体格が男性より一般的に劣っているのは争う余地もなく、男性より丸みを帯び、瞬間的な筋肉の力に於いてもしかりである。

そこから女性の愛情が深く、恐怖や不安の念が強く、気の弱さや悲しみの念が続いたりするが、また、独特の性格が生まれ出ることも、十分考えられる。

女性が論理的思考に欠け、感情の次元で物事を考え、捉《とら》えるということを、逆の目で捉え返してみるならば、男性は物事を生命の表層の部分である理性で判断し、女性は生命そのもので判断するということであろうか。

感情的とか直感的という言葉は、かなり論理性に欠けた侮辱《ぶじょく》的な響きをもって語られることが多いようであるが、論理に囚《とら》われ、柔軟な思考を失ってしまうことのほうが、豊かな情感で物事を捉え、その本質を見通していく直感智よりも、創造ということには有効的でないことが多いように思われる。

創造とは、たんに見事な芸術作品を生み出すこと、真理を発見すること、きらびやかな哲学を振り回すことなどに限られるわけでは決してないと思われる。

湯川博士は『創造の世界』と題する本の中で、独創性ということについて述べている。「それは、今まで誰も考えなかったことを考え、誰も気付かなかったことを見つけ出す、誰もまだ造らなかった物や新しい物を作り出すということである」と。

また、「真理や自然美を発見し、豊かな物質世界と美の領域を創り出すことだけが創造ではなく、人の心の微妙な営みを洞察《どうさつ》し、幸せへの道を共に開くことも創造であり、また、悩み苦しんでいる人の心に入って、ふくよかな人間愛で包み込むことこそ、まさに創造という名にふさわしい人間の行為ではなかろうか」と。

そして、「しかし心の奥の秘められた感情や情緒《じょうちょ》に、ものの見事に反応する力は、女性に与えられた天分とも言え、ある一つの事柄に対する直感的な敏感さは、男性の遠く及ぶところではなく、浮気心を見抜く鋭敏さに舌を巻く世の男性は決して少なくはなく、ともかく知性がまだ気付かずにいる生命内奥の動きを素早くキャッチし、やさしい愛情で抱きとる行為の中に、女性でなければ成し得ない真実の創造の発露《はつろ》を見いだせると思われる。それは、子供を産み育てゆくという、宇宙自体から託された役割を持つ女性の本然の力である」と!

ドイツの詩人シルレルは、「真の愛情を知るものは女性である」との至言を残しているが、愛による幸せの道を開く主体者は女性であり、妻であり、母であるとの真理を動かすことは出来ないと思われる。

それにしても、このような女性の愛も、ともすれば自己愛に変質し、エゴの虜《とりこ》になりがちなことも決して否定できないが、エゴの牢屋《ろうや》に閉じ込められた愛の変質は、女性の欠点ともされている受動的な姿勢、虚栄心の強さ、衝動的で移り気な心情などと結び付いて自らの不幸を呼び寄せ、更には家族や隣人の犠牲を強いる結果にもなりかねず、また、自分の好みや反感、嫌悪の情動で、あらゆる出来事を判断するという欠陥を、周囲にまき散らすことにもなりかねない。

ところが、開かれた愛の努力を忘れない賢明な女性に於いては、敏感な直感智、機敏な心情、やさしく温かい情愛などが生かされ、更には、社会的事象への関心を深めていく。またそのほか、女性として、母として、妻としての生活人そのままで、偉大な力を発揮する舞台は数えきれない……。

若い青年の恋を見守るのも、女性の心理の微妙さに期待するほかなく、甘い恋の成就ばかりでなく、失恋のほろにがさを、再び貴重な人生経験としてかみしめる場合もあろうかと。母なる大地の底に万物を育む慈愛《じあい》が脈打つように、家族と隣人と、そして人類社会の大地にも、女性の、妻の、母の慈愛、慈悲心が、豊かな清水となって流れゆくことを、一人の男性としてではなく、一個の人間として女性の創造に期待をしたい。

人前結婚式

ワイキキのホテルに行くと、特に午前中や午後の早い時間には、ホノルル市内や、東部や西部のオアフ島に在る教会に向かう結婚式用の白くて長くて眼を瞠《みは》るストレッチのリムジンが、混雑するホテルの車寄せに待機しており、リムジンに乗り込もうとするカップルを押し込むようにして出発する光景は、今や珍しくもなく、教会から挙式を終えてホテルに帰ってくる花嫁、花婿さんも初々《ういうい》しく、ほほえましい情景を見るたびに、カップルたちの幸せを願わずにはいられない。

九〇年代の半ば頃から、日本人カップルのハワイでの結婚式は、爆発的なブームを起こし、オアフ島内の有名な教会では、毎日一〇組以上の挙式を捌《さば》き、まるで、ベルトコンベアのような凄まじい数のセレモニーをこなしていたことがあった。

結婚式を挙げるカップルたちは、おしなべて無宗教者が多く、ハワイのキリスト教会での結婚式には何の抵抗も持たず、矜持《きょうじ》もなく、同行者も信仰に対しての禁忌《きんき》も衒《てら》いもなく、たんなる挙式場としてだけの精神的感覚のみであり、年間に数千組の結婚式がハワイ経済を潤してきた。

そんな無宗教、無信仰者たちの結婚狂躁曲が、ニューヨークの同時多発テロ事件後、やがて徐々に消え始めた。

二〇〇〇年に入り、それまでの宗教的無節操なカップルたちのハワイでの教会式結婚式から、緩《ゆる》やかに、新手《あらて》の無宗教結婚式とも言える〝人前《じんぜん》結婚式〟が芽生え始めた。

つまり、宗教に関係なく、参加者の前で愛を誓い、幸せを約束する挙式のことであり、場所は宗教色の無い、十字架も無いチャペルや、ホテルのビーチサイドや、公園といった場所での結婚式なのである。

順《したが》って、人前結婚式に直接携《たずさ》わるオルガニストやシンガーは、アロハシャツにムームーを着て、教会式の神曲はタブーとなり、牧師もスーツ姿の日本人男性となり、これまでの教会でのセレモニーとは一味違った明るさ、ハワイらしさを表面に打ち出した。

「只今より〇〇様と〇〇様の人前結婚式を行います。

本日はご結婚、まことにおめでとうございます。このたびお二人は、人前式という形で、結婚式を挙げることを決められました。

世界中の人たちが憧れる、ここハワイの青い空、輝く碧い海、そしてそよぐ貿易風の中で、宗教に関係なく、ご参列の皆さま方の前で愛を誓う〝シビル・ウエディング〟人前結婚式をお選びなさいました。

お二人はこれまでそれぞれに、多くの方々の深い愛情のもとで今日まで育ってこられ、そしてお二人は出会い、愛を育《はぐく》み、今まさに新しい人生を出発なさろうとしておられますが、その出発に於ける人前結婚式で、今まで育ててくださいました皆さま方の前で愛を誓い、これからの幸せを約束し、それを大切な皆さま方に承認して頂くために、ここにご参列を頂いております。

どうか短い時間ではございますが、お二人の厳粛な人前結婚式にご協力をお願いします」


「それではお二人に約束をして頂きます」

私○○は、妻となる○○さん貴女を、私のこれからの人生のパートナーとして、偽《いつわ》らず、ためらわず、守り抜くことを約束します…。同じく私も、○○さん貴男を生涯、偽らず、ためらわず、守り抜きます。

「次にお二人から誓いの言葉が読まれます」

誓いの言葉！　本日、私たちは、ご参列を頂きました皆さま方を証人として、ここに結婚の宣言を致します。

これからは、喜びも、悲しみも分かち合い、明るく笑顔の絶えない家庭を築くことを誓います。
○年○月○日

その後、指輪の交換が終わって、カップルの愛の証《あかし》を祝福のキスで確かめ、最後にマスターオブセレモニーの人が結婚の宣言と閉会の辞を述べる。

「本日はまことにおめでとうございました。

大変短い時間の挙式ではありましたが、ここに、ご参列の皆さま方の前で、夫婦と成られましたことを宣言致します。

本日のハワイでの結婚式は、決して人生のゴールインではなく、あくまでも新たなる人生の旅立ちの日であります。

夫と妻は、お互いに向き合った相対的な関係ではなく、共に新しい人生の目標に向って進む共同の主体者であり、建設者でありましょう。夫婦を結び合わせている幸福の絆《きずな》は、強い愛情と深い思いやりであろうかと……。これから始まります人生の新たなる旅路では、苦しい時は苦しいままに、楽しい時は楽しいままに、ありのままの自分で苦楽を共に思い合わせて、仲良く力強く、前進をして征《い》ってくださることを希《こいねが》い、末長いご健勝とご多幸を祈ります。—アロハ—」

新しい人生の旅路は、新しい幸か、不幸かへの出発であろうか。

それだけに結婚は、慎重の上にも慎重に進めなければならず、結婚は決して年齢によって決まるものでもなく、適齢期にスムーズに結婚生活に入ったからといって、そのカップルが必ずしも理想的な家庭を築いているとは限らなく、遅い結婚であったとしても、夫の愛情を一身に受けて、周囲からも温かく見守られて幸せな家庭を創っている例は多い。

結婚の条件として、家柄や財地位や名声などを必要以上に気にする人もいるが、昔と違い現代は、家と家との結び付きではなく、あくまでも本人同士の結び付きであろう。

結婚生活はどちらかが死ぬまで続くものであり、少なくともそれを前提とした上の二人の結び付きが結婚というものではないだろうか。

また、二人で新しい家庭を築き、子供を産み育て、社会的にも一家として責任を負うものである以上、たんなる感情の上だけの結び付きでなく、理性的な判断の上に立っての相互の結合でなければならないと思う。

今日もワイキキの各ホテルの車寄せには、白くて長いリムジンが、初々しく頰《ほほ》を染めた日本人カップルを待っている。

ハワイアン・ウエディング・ソングが聴こえてきそうな情景である。

信仰とは何か

信仰について無関心な日本人が多い。

ただ、人間にとって信仰というものはおそらく、人間が人間に成って以来、絶えずつきまとってきたもののようである。

人間の進化の歴史を辿《たど》る上で〝神秘なものへの畏敬《いけい》〟ということが一つの重要な目安と

なっていることを考えれば、その意味は充分に理解し得るのではないだろうか。

今日、日本人のほとんどは、この信仰という問題について、極めて無関心になっているように見受けられる。

日本人は〝宗教嫌いの神秘好き〟と言われてきているが、世界的に見ても、日本人の信仰に対する冷淡さ、無関心の度は、多分に一頭群を抜いているようにも思われる。

日本人の宗教観と申せば、考えてみれば実に曖昧模糊《あいまいもこ》であり、自分は無信論者であると誰はばかることなく言ってる者が、正月になると神社に詣《もう》でて、恭《うやうや》しく三拝九拝して柏手を打ち、神札やお守り袋を買ってくる……。無信論を口にしながら、車の中には、あちこちの神社仏閣のお守りグッズをジャラジャラぶら下げている人が実に多い。

日本人の特殊性は、宗教を形而上学的《けいじじょうがく》問題《すなわち、時間、空間の感性形式をとる経験的現象として存在することなく、超自然的であって、形として知覚できないもの。言いかえれば、知性、理性の問題として捉《とら》えず、順《したが》って〝神〟の問題をも、知的推論による存在学上の事として捉えずむしろ行動〈たとえば善行、慈悲の行など〉の問題としてのみ捉えるところにある》と、フランスのル・モンド紙は論じている。

この事に対して、日本人の宗教観の実情を端的に言えば、〝気休め、罰止め〟的、あるいは〝慣行、儀式〟的に関わる人が少なくないようであるが、もちろん、このような日本人とヨーロッパ人との宗教に対する態度の違いは、それぞれに辿《たど》ってきた歴史の違いによって左右されている面も無視できないと思う。

また、新教と旧教とに分かれて鋭く対立し、そのため凄惨《せいさん》な殺し合いまで繰り返してきたヨーロッパ人と、何百年来、宗教が国家体制の中に檀家《だんか》制度として組み込まれ、教義をめぐって対立など行われなかった日本人とが、違っているのは当たり前であろう。更にその奥には、他の宗教や教義に対して、妥協《だきょう》を許さないユダヤ、キリスト教の精神と、あらゆる者を包容してきた仏教の精神との、いわゆる宗教それ自体の違いがあるが、それはともかく、宗教に対する精神的態度がこのように違うことは紛《まぎ》れもない事実であり、そこから人生や、社会についての考え方の違いが出てきていると言える。

宗教学者のルース・ベネディクトの研究からは、日本文化は〝恥の文化〟で、欧米文化は〝罪の文化〟だと評している。〝罪〟とは、神あるいは神の定めた法の存在を前提にして出てくる考え方で、神の意志、あるいは法に違背する事を〝罪〟としてこれを恐れた。これに対して〝恥〟とは、そのような超越的、絶対的なものではなく、あるのは世間であり、社会であるという考え方が前提になっている。

超越的な〝神〟あるいはその神の定めた〝法〟を一切の前提にすると、たとえ誰かが見ていなくとも神が知っており、法によって裁かれるわけだから、そこに悪事を働くことへの強い規制が働くことになるのである。これに対して、日本的な〝恥〟の思考法は、世間という周りの人々が違和感を抱かない限り、それは〝悪〟ではないのであって、ここから集団になった場合、とんでもない悪事を平気で犯すといった結果になりかねないのである。

しかしこれは、欧米的考え方に随分と肩をもった推論であって、必ずしもそうとは言えない面もあり、たとえば欧米人の考え方を極端に押し進めると、神の意志や、法の絶対性から、そのために他人の生命や暮らしを破壊し、踏みにじっても、少しもそれを悪いとは思わないということである。

ヨーロッパの歴史が、十字軍、異端裁判、魔女狩り、宗教戦争と、血みどろの争いに明け暮れてきたのは、その何よりの証拠ではなかろうか。

ナチス時代、ドイツでは、ユダヤ人大量虐殺《ぎゃくさつ》が行われたが、そうした虐殺に手を汚した人々は、「自分は命令に従っただけであって、少しも悪いことをしたとは思わない」と言っていたそうである。

彼らにとって命令に従うということは、言わば〝神の法〟に従うのと同じであったのだろう……。これに較べて日本人も、中国などで随分残虐《ざんぎゃく》な行為をしているが、それは〝命令に従った〟というよりも、集団心理に動かされていたと言えるだろう。

だからこそ、戦いに負けて周囲の情勢が変わってしまえば、一転して、〝一億総ざんげ〟などと言うようになった。

日本的な宗教の態度も善意に解釈すれば、あらゆる人間や事象の中に、本来、仏性あるいは神性があるとする東洋的宗教観が淵源《えんげん》にあると言えないこともなく、もし、この基本精神が今も脈々と生きて、人間の生き方を支配していれば非常に素晴らしいことであり、特に現代に於いては大きい意義を持つだろうが、残念ながら、そうした積極的な面は失われ、マイナス面におおわれて、非宗教化、無信仰化が現代日本人の特徴となってしまっているのではあるまいか。

言うまでもなく信仰は、この人生の中にあって、人間の力で処理できるものではなく、ある力、法、現象に対する畏敬《いけい》の念が、その出発となっていると思われる。

もちろん、人生の外、人間の力の及ばないところといっても、人生や人間存在と無関係のものではなく、外にありながら強い影響を、人生に、人間の存在というものに及ぼしているものであることは言うまでもない。

信仰の元々の出発点が、一つは宇宙や自然界の力に対する畏敬と服従にあり、一つは生と死といった生命の不可思議に対する畏敬と探究にあったことは、この事情を如実に示していると思われる。

自然界の力に対する畏敬は、やがて人間の智恵や集団の力が、自然の力に対する優位を勝ちとるようになって、そうしたすぐれた力を持つ個人や集団の力、またはその象徴に対する畏敬とその神格化へと変化していったのである。

日本では、山川草木に宿ると考えられた〝神々〟は、自然界の力を〝神格化〟した例であり、天照大神《あまてらすおおみかみ》は元々は太陽の恵みを〝神格化〟したものであったのが、やがてはそのまま日本民族の先祖神と考えられるようになった……。直接的には天皇がその子孫であるとして、天照大神の力は天皇に集約されたが、本質的には日本民族という集団の力を体言化しようとしたものであると考えられる……。同じような過程は、世界中どの民族についても言えるようである。

こうした外界の力に対する畏敬が、人間が自然を究《きわ》め、人間自身の力の支配下におくことによって次第に神秘性を失っていくことは、必然の流れであろうか。

つまり、科学や技術の進歩、発達によって、このような淵源《えんげん》から流れてきた〝信仰〟はもはや成立する基盤を失いつつあると言っても過言ではなかろう。

もちろん自然は、今も謎に包まれているし、究めれば究めるほど謎が深まることは科学の先端をいく人々の偽《いつわ》りのない感慨《かんがい》でもあると思われる。

しかし、だからと言ってそれは、更に鋭く深い探究の対象ではあっても、〝信仰〟の対象に逆戻りすることはなさそうである。

ところが、信仰のもう一つの淵源から発した更に深く神秘に包まれた流れは、人間の文明がどんなに発達し、そして科学がどんなに進歩しても、少しも変わることなく続いている。

この〝信仰〟の流れは、先の〝信仰〟が呪術的であったのに対して、哲学的であり、先の〝信仰〟の結果として期待されたものが「形而上学《けいじじょうがく》」つまり、はっきりとした形が無くその存在を知ることができない、また、見たり、さわったりが出来ない、形や物質世界の次元を超えた知覚できないもの！であると言えるが、更に厳密に言えば、いろんな異論もあろうが、今日、高等宗教と言われるキリスト教や仏教、ヒンズー教、イスラム教の中のいくつかは、こうした哲学的、形而上的な一つの悟《さと》りを起点として打ち立てられたもので、その後、大衆の間に広まっていく過程でそれぞれ既存の呪術的宗教の要素をとり入れているから、今現在にある姿は、このように一概に規定することはできないが、出発点については、かなりハッキリとその特質を指摘することが出来るようである。

生と死、生命の不可思議に対する畏敬と探究の心を起点とした宗教信仰は、今もその存在意義を失っていないばかりでなく、人間が人間として生きていく限り、絶対に意義を失うことはあり得ないと思われる。なぜなら、人間は自己の存在や行為に対して、何らかの意味と意義を見いださないでは生きられない存在であるからです。

人間にとって最も普遍的で、最も根源的な〝行為〟は、言うまでもなく〝生きる〟ということでありましょう。

それは〝何のために生きるのか〟ということであろうかと……。何のために職場を選び、仕事をするのかは、自分の人生に対する理想や社会に対する考え方との関連で答えが得られるが、何のために生きるのか、という問題は、現実のこの〝生〟や、現実社会との関連では解決されない部分が多過ぎるであろう。

この人生そのものに意義を与えるのは、現実の〝生〟や社会を超えたものでなければならず、人間の生は有限であり、その彼方には誰も知ることのできない死の淵《ふち》が黒々と拡がっている……。

死とはいったい何なのか、人間の生命は死によって一切が終わるのか……それとも、生きている我々には見えない形で続いていくのであろうか……。

仏教は、生命が不滅であり、生といい、死というものは、この生命が表す変化の姿であるとし、この不滅の生命の実在から人生の意義づけを説いた教えである。

それは、超越的な存在を現実を超えた彼方に求めるのではなく、私たちの生命それ自体に求める考えであり、これに対してキリスト教やイスラム教は、現実の彼方に神という超越者を想定し、この神との関係から人生への意義づけを行った教えでありましょう。

起源的に言えば、キリスト教、イスラム教などは、自然界の力に対する畏敬という信仰が、モーゼやイエス、マホメットといった人格によって昇華《しょうか》され、高等宗教へと変革したものと言えるでしょう。

仏教は、一個の哲人が〝生と死〟の問題に想いを凝《こ》らし、そこに開いた悟りから出発したと思われます。

また、超越的な全知全能の神は、どこに、どのようにして存在するとも言えず、存在の知りようがないという意味で、それはまた、客観的には否定のしようもないという強みを持っていると言えるでしょう。

これに対して生命は、現実にそれがあることを誰でも知っている……。しかし、その本質は永遠に神秘に満ちており、底知れない深い謎に包まれている！
而《しこう》して、超越的な神への信仰は失われることがあっても、生命の不可思議を起点とした信仰は永遠に失われることはない、と私は思う。

ともあれ信仰は、人生に対して強力な〝支《ささ》え〟となり、幾多の文明の基盤となってきており、西欧における科学の進歩も、それは結果としてキリスト教信仰の凋落《ちょうらく》をもたらしたが、真理の究明は、神の摂理《せつり》の偉大さを証明することであるという〝信仰〟の情熱によってもたらされている。

芸術もまた、神の造化の美を讃《たた》え、表現するという、やはり〝信仰〟に基づいた情熱が生み出したものと言えるでしょう。

現代は、人間にとって自らの存在を問い直し、自らの進む道を再吟味《さいぎんみ》することを迫られている時代と言えるが、その自己を照らす英知の光を、私たちは何に求めればよいのだろうか。もし、この大きな反省もなく、物質的欲望と、官能的衝動とエゴイズムの赴《おもむ》くままに突き進んで行けば、やがては地球を破壊し、自らも滅びることになってしまうだろう。

人生と信仰という最も古い問題が、今、人類が滅びるかも知れないという危機に直面してみて、かえって最も新しい問題となりつつあるのを、常夏のハワイの片隅で、貿易風に吹かれながら想う日々である。

美しさについて

多くの女性に会い、感じることは、女性としての真の美しさは、化粧やアクセサリー、服装だけできまることは決してないと、私はそう思ってきた。

もとよりそれらも、美しさを引き立てるための大事な要素であることには違いないと思うが、しかし、美しさの本体はもっと本人自身の生命の内奥にあり、そこから輝き出るものではなかろうか。

近現代は、テレビやマスコミによる情報過多のせいか、多くの女性が、ただその時々の流行を追うのに汲々《きゅうきゅう》とし、せっかくの美しい素質を持ちながら台無しにしてしまっているようにも思える。

ワイキキやアラモアナを歩いている日本人観光客の若い女性に見られる〈ヘアースタイ

ル や服装やスニーカー〉などのスタイルが、決まって同一化的な光景なのにはウンザリで、目をばそむけたくなるのは私だけであろうか。

様々な雑誌の写真やテレビの映像を見て、自分もあのような服装をすれば美しくカッコよくなるだろうと思うのは当然とも言えるが、それはむしろ錯覚のほうが多いのではと思いたくなる。

人はそれぞれ、その人にしかない美しさを持っている。桜は桜らしく、ハイビスカスやブーゲンビリアはその花らしく、また、細身の人はそれなりに、太った人もそれなりに、共に独自の美しさがある。

太っているからといって、痩《や》せなければ美しくなれないと思い込み、身の痩せる思いで努力する……。だがしかし、心の痩せ方に対して、身体のほうは一向に痩せてはくれない！

自信を無くして余計な気苦労をするから、元々自信を持っている美しさを、それだけ損《そこ》なってしまう。そういう顔を鏡に写して益々《ますます》自信を喪失し、更に美しさを損《そん》じていく。この悪循環を断ち切るには、もっと自分に自信を持つことであろう。

美しさをよそに求めるのではなく、自分の中に探すことが大切なことだと思う。

また、自分の美しさのポイントはどこにあるのか、それを発見し生かすにはどうすればよいのかを研究することであろうか。
所詮《しょせん》、自分はどこまでいっても自分であって、絶対に他人にはなれないのである。

中国の故事に、絶世の美女が何かの事で顔をしかめたのが、それがまた、例えようもなく美しかったことが有名となった。それを聞いたあまり美人でない女性が、マネをして顔をしかめたところ、いよいよ醜《みにく》くなり、人々の笑いものになったとある。

自分を美しく見せたいという女性の欲望は、いつの世にも変わらぬものであろうが、美しく見せるにはどうすればよいかという智恵は、時代の進展と共に、もっと進んでもよいと思われる。

女性の本当の美しさとは、もっと内面の、生命それ自体の美しさにあるはずで、見た目の表面だけの美しさは、確かに年齢によって制約されることは誰人《たれびと》も免れないだろうが、だが、生命それ自体の持つ美しさは生涯、磨けば磨くほど美しさを増し、年をとればとったなりに、その美しさを発揮していくことができようか。

その生命自体の美しさが、同時に、表面に表れた美しさに反映し、二〇代には二〇代なりの、三〇代、四〇代なりの美しさとして表れてくるものである。

では、その生命自体の美しさとは、何によって決まるのかと言えば、それは、女性らしい心の優しさ、純粋さ、深い教養、培《つちか》われた英知、正しいと信じた事については一歩も引かないシンの強さ、また、健康、福運などではなかろうか。

若い時は目の覚めるように美しかった女性が、結婚し、子どもを生み、家庭の苦労を重ねていくうちに見る影もないほどにやつれ、変わってしまったのをを見かける。

その反対に、若い時はさほど目立たなかった女性が、年齢を重ねるごとに容色《ようしょく》が衰えないばかりか、内側から輝き出るような美しさを増してくる場合もある。

女の一生という広い視野に立ってみれば、美しさというものも決して短距離レースではなく、死の瞬間まで続くマラソン・レースなのである。

この長距離レースの基礎づくりをするのも、青春時代のこの時期の大事な仕事である。

若さと共に燃え尽きしてしまう線香花火のような美しさばかりを求めるのではなく、青春を謳歌《おうか》すると共に、一生燃え続けてゆく美しさの基盤を築き、老いてなお美しき女性が周りにもおられることを忘れないで頂きたいと希《こいねが》う。

名演説

歴史こそ、真実の証明者である。

一人の真実の叫びが人々の心を捉《とら》える時、どれほど素晴らしい可能性を開き、大きな価値を生むか分からない。

そしてまた、時代の核心を打つ一言が、混沌とした生成、流動の世界を、雲霧が晴れ渡るように見事に整理し、新しき歴史を切り拓《ひら》くことがある。


一昨年、G7主要国首脳会議「伊勢志摩サミット」で訪日したオバマ大統領は、米国の大統領としてはじめて広島を訪問し、平和公園で原爆慰霊碑に献花をし、歴史的な所感を述べ、その光景がテレビで報じられていた。

私はその報道を観ながら、リンカーン大統領の名演説のことを想い出していた。

アメリカ第十六代大統領リンカーンの〝人民の、人民による、人民のための政治〟という言葉は、あまりにも有名である。

この歴史的な演説は、南北戦争の一八六三年十一月十九日、ペンシルベニア州のゲチスバーグの丘でなされた。この丘は、北軍が南軍の北部侵入を防いだ激戦の地である。

この時の演説は、わずか五分ほどの短い結びの一言であった。

今でこそ、民主主義の根幹を示す演説として誰もが賛同し、評価するスピーチとなっているが、当時のマスコミの中には、称賛する者もあった半面、質の低い演説として酷評《こくひょう》する者もあったといわれる。あらゆる出来事に風評はつきまとうものであるが、今では不滅の光彩を放っている。

この時の式典の主催者は、元々からリンカーンの演説をメインとは考えておらず、主要な演説は、当時アメリカで最大の雄弁家とされていたエドワード・エベレット（ハーバード大学総長・元国務長官）の二時間にも及ぶ大演説であったという。

リンカーンのスピーチは、そのあとで行われた。聴衆は約三万人で、みな立ち続けていた。なかには、エベレットの長時間の演説に耐えきれず帰ってしまった人たちが多かった。

それに比べ、リンカーンの演説は、まことに簡潔《かんけつ》であった。カメラマンがレンズの焦点を合わせている間に、スピーチは終わってしまったという。

それほどに短い時間でありながら、彼のスピーチは歴史に残る名演説として、現代でも語り継がれている。スピーチの良し悪しは、決して時間の長短ではないだろう。〝時〟と〝場所〟を考え、参加者の感情や機微《きび》を鋭く見抜き、その時々に判断していかなければならないだろう。

さて、約二カ月も前に依頼を受け、準備も万全であったエベレットに比べ、リンカーンは式典のわずか二週間前であった。しかし、リンカーンはいささかも手を抜かず、激務の中、スピーチの原稿を用意した。

彼は見事な内容を構想し、立派に成し遂げ、歴史に確かな足跡を刻《きざ》んだ……。当時彼は五十四歳、暗殺される二年前のことであった。

ゲチスバーグでの演説は、今日、世界で最も短く、しかも、最も素晴らしいスピーチとして知られている。

その日の聴衆も、惜しみない大拍手と大歓声で演説への感動を表し、また、多くの心ある識者も激賞した……。確かにこの演説は、簡潔で、言葉が細かく吟味され、独立宣言の〝すべての人は平等に創られている〟ということから始まり、アメリカ合衆国人、生ある一人一人が献身するべきことと…その高き理念が極めて明快に述べられている。

オバマ大統領の広島での演説は、世界中の人々が注目していたが、謝罪のイメージはなく、〃核なき世界への勇気を持った〃そのメッセージは、リンカーンにおとることなく、大多数の聴衆はその素晴らしいスピーチに感動し、喝采《かっさい》を贈っていた。

また、「核戦争の夜明けとしてではなく、道徳的な目覚めの始まり」だと所感を括《くく》った。

雪山《せっせん》の寒苦鳥《かんくちょう》

その昔、インドに雪山《せっせん》と呼ばれていた山があり、その山は大変な高山のために、骨のずいまでしみ通るほどに寒く、その名の通り一年中雪が消えることがなかった。

そこに、寒苦鳥《かんくちょう》と呼ばれる宿無しの鳥が住んでいた。夜になると寒さに耐えかね、雌鳥が〃寒くて凍え死にしそうだ〃と鳴く。

すると雄鳥が〃夜が明けたら必ず巣を作ろう〃と応じる。

ところが、夜が明け朝日が昇ってくると、その暖かさに夜間の苦しみもどこへやら、〃今日死ぬかも知れず、明日死ぬかも知れぬ、無常安穏《あんのん》の身〃、とても巣作りなんて……といってその日も怠《おこた》っていた。そんなことの繰り返しで、一生虚しく過ごしていったという。

なにやら「蟻《あり》とキリギリス」の故事に似かよった話であるが、今日、明日とも知れぬ我が身なのに何をあくせく……と、知ったかぶったこの言葉に、寒苦鳥の哀れさを感じてならない。

ところで、この教訓がどうやら人間性の痛い側面をえぐっているように思えてならず、いっぱしの虚勢《きょせい》を張って生きていても、いざという時にメッキのはがれてしまうようなことは、意外と多いものである。

どんなに平穏無事に見える人生であっても、人知れず悩みや苦しみは必ずあるもので、寒苦鳥のように毎夜毎夜ではないにしても、人生というものは一生のうち何回、イヤ何十回かは、一本の棒を頼りに一〇丈二〇丈の堀を越えなければならない時が誰人《たれびと》にもあると思う。

退却するか、溺《おぼ》れ死ぬか……間際になってあわてふためいても取り返しがつかなく、寒苦鳥のように悲鳴をあげるのが落ちである。

一本の棒とは、確固たる信念、どんな苦難に直面しても狼狽《ろうばい》しない安定した心であろうか。寒苦鳥の作るべき巣とは、温かな栖《すみか》であると同時に、そのような安定した心の定まる場所、楽しみに流されず苦しみに負けない性根のすわりどころを示唆《しさ》しているとは言えまいか。

「寒苦鳥の轍《てつ》」は、移ろいやすき人間の常の心であろうかと思われる。今やっておかなければ、という当面の課題を避け、安易に流される人間の性《さが》であろうか。波間に漂《ただよ》う根無し草のように生きてゆくのか、確固たる人生を生きるのか……ここに人生を価値あらしめるかどうかの鍵があるのではなかろうかと、私は思う。

たとえば読書がある。良書に接しゆくことは、爽《さわ》やかさの中に進歩的に拡大しゆく精神を鍛《きた》える上で欠かすことの出来ない要因の一つでもあろうか。

読書がテレビなどの映像メディアと決定的に異なるのは、すすんで読もうとしなければ活字を友とすることが出来ない、という点にある。テレビならば、ぼんやり見ていても画面は勝手に展開されていくが、読書となるとそうはいかない。

もちろん惰性《だせい》で読みとばせる種類の本もあるが、少なくとも精神に糧《かて》を提供してくれる本は、それなりに読者の心構えを要求する。

イギリスの思想家のラスキンという人は、良書に親しむための心得を鉱夫の作業に例えている。〝自分のツルハシやシャベルは整備が出来ているか、また、自分自身の準備万端はよろしいのか、袖《そで》はきちんと肘《ひじ》までまくってあり、呼吸は尋常《じんじょう》であるのか〃と！

こうして周到な用意をして、彼は岩盤に挑み、めざす金属を求めてツルハシをふるい続けていく……。金属、すなわち著者の心琴《しんきん》、意図するところに到達するには、実に忍耐強く、細心な努力が必要であるという。

確かにその通りであると思われるが、ラスキンはなにも読書の量や時間の多寡《たか》を論じているのではない。家事や育児その他に忙しいお母さん方は多くの時間はさけられなく。そうではなく、たとえ一日数十分でも良書に接する機会を持つ習慣があれば、どんなに人生が豊かになり、精神が鍛えられるかを私は申し上げている。

事実、彼ラスキンは、大英博物館の本を全部読んでも無教養な人もいれば、たとえ数ページでも良書を一字一字正確に読むことにより真の教養人になることが出来る、と言っているのである。

まことに〝一書の人を恐れよ〃とある通りである。老いてなお輝くような魅力をたたえている人は、常に自身を鍛える努力と向上心を持ち続けているものである。

私の仕事の師もよく「心の読書と思索の暇《いとま》をつくれ」と厳しかった。

世のお父さん、お母さん方にお願いをしたいことは、忙しい中にも、どこか心にゆとりを持った日々であってほしいと…、そしてこの尊い人生の輝きを増しゆくために、自らの〝一書〟と言えるものに親しんでいただきたいと念じます。

仰げば尊し

日本では、春と言えば卒業式、入学式と続き、やがては爛漫《らんまん》の桜の花が散り、青葉若葉の新緑の季節へと時は移ってゆく。

仰げば尊し　我が師の恩
教えの庭にも　はや幾年
（中略）
身を立て名をあげ　やよ励めよ

我が人生の流転の中で、私が最も美しく崇高《すうこう》だと感じ、信じているこの歌は、長じてなお、詩もメロディーも魂に染み込んでおり、すでに〝終《つい》の栖《すみか》〟としてハワイの地に住んでいてもなお、忘れ得ぬ歌である。

あれから幾星霜《いくせいそう》……。当時の少年は、今ではすでに古希《こき》を済ませ、長かった人生の旅路の途上では、苦しい時も、悲しい時も、そして楽しかった時も、苦楽を共に想い合わせながら〝身を立て名をあげ やよ励めよ〟の一節を、時おり口ずさんできている。

戦後の荒れ果てた時代の中で、自分はどうやって身を立て、名をあげることができるのだろうかと、一人、悩み続けていたことが想い出される。

生々流転《せいせいるてん》の万物《ばんぶつ》……そこには必ず成長への節目があるように、私も艱難辛苦《かんなんしんく》の人生行路の中で、ただひたすらに夢と希望とを後生《ごしょう》大事に抱きしめながら生き抜いて来られたことを、我が人生の節目ごとに感謝をしながらの月々、そして日々である。

ある学者同士の対談の中で、どんな時に生きがいを感じることができるかが話題となり、三つの条件があげられている。

①自発性で、自分が進んでぶつかるものであること。
②不確実性で、自分にとって無知なもの、成功するかどうか分からない冒険であること。
③可能性で、努力すれば成功する可能性があること。

その反対に、他人から強制されたもの、結果が明確であるもの、努力をしても成功の可能性のないものには、生きがいが感じられないことになる。

生きがいとは、あくまでも自己の可能性にチャレンジして勝ちとるものであろう。

多くの人間は本来素晴らしい可能性を秘めているのだが、ほとんどがそれに気付かずして平々凡々の生活を送ることになり、ごくわずかの人間だけが自分の可能性に目覚めるチャンスに恵まれ、それをきっかけに一大変貌《へんぼう》を遂《と》げるようになる。

そのチャンスとは、逆境におかれた時であり、苦難に我が身を投ずる実践、行動こそ、社会に尽くし、自分自身を大きく変革する原点の姿勢と言えようか。


〝困難こそ、人間の真価を示すものである〟との古人の言を待つまでもなく、逆境にあった時こそ、自己の持つ可能性を引き出し、生きがいを実感するチャンスであろうか。

話は移るが、最近〝熟年〟なる言葉がもてはやされているようだが、言葉的にはすでにリバイバルであり、世代的定義は難しいようであるが、要するに中年以降の人生をどう充実させていくのか……まッ、深刻な課題から生じた新造語であるのだろうか。

ある日、ある時、久し振りに車中で再会した初老の二人が、〝身を立て名をあげ〟の事に関しながら、その後の人生を語り合っていた。一人は大企業の重役風で、悠々グリーン車に乗り、もう一人の中小企業のオヤジさんはそのまま一般車にと、二人の間には人生の悲喜こもごもの姿が漂う。

「イジケちゃあいかん」と勇を振るって、グリーン車の友人を食堂車に誘った中小企業のオヤジさん……、重役風の友人はどことなく元気がなく、気の重そうな態度であった。

そこで「心配すんな、メシ奢《おご》ってやるぞ」と、精いっぱいオヤジは気張ってみせた。

「なに…そうか……、糖尿病に、リューマチ患《わずら》って、そのうえ血圧が高くて、白内障で目がショボくて、おまけに息子がグレて、神経性胃炎を併発《へいはつ》してるってか！」

重役風の友は「そうだヨ、人間の幸せなんて見かけじゃ分からないぞ」と言っていた。

身につまされて、人ごとながら笑えぬ光景だとしみじみ思われる。

忍びよる老化現象、永年のストレス、頼みの子供は邪険に親を扱う。

人生にひと息ついた年代を迎えて、「オレの来し方は、また先行は」と真剣に考えてこそ当然、盛んな〝熟年論議〟に奮い立たずにはおれまい。

我々世代が充実して生き抜く要素には、歩け歩け、姿勢を正しく、アゴを引き腰と背骨を伸ばし、胸を張って、肩の力を抜き、考え、本を読む、何事もおっくうがらず、マメに取り組む！

うらみ、ねたみ、にくみ、の三みの禁止、それに人間交流の拡大も大事な条件か！

すでに人生の総仕上げの年令に入った。人に対しても、社会に対しても、自然の摂理《せつり》に対しても、常に仰げば尊しの精神を保ち続けたい。

そして、花が一夜に散るがごとく、見事な潔《いさぎよ》い人生をまっとうしたいと願うものである。

父親の権威

家庭における父親の立場は、母親のそれに比べて、弱いものである。

これは昔のように、家庭がそのまま〝職場〟であった時代とは違うから、現代に於いては当然のことと言わなければならないだろう。

父親が家族に対して、あらゆる面にわたる権限を持つことができたのは、家庭がすなわち〝職場〟でもあるようなケースに限られる。よく〝父親の権威〟が失墜したと、近年論じられるが、それを「男の意気地《いくじ》なさ」などといった原因に帰するというのでは、あまりにも片手落ちだとは言えまいか。

日本の社会は、特に昭和三〇年代より、その経済成長とあいまって、急激な変動をとげてきた。言うなれば経済の高度成長は、古くからの家族制度の崩壊という代償によって勝ちとられたとも言える。この〝古い家族制度〟とは、農家や商家、あるいは家内工業などに典型的にみられる、職場の顔を合わせ持った家庭である。

父親は、この〝職場〟の長であるから、強い権限を持つことが出来た。

それだけに、大きな責任を負っていたことはもとよりであろう。

それはともかく〝父親の権威〟とは、そうした家族制度を基盤にして出来上がっていたのであるから、土台が崩れたら、その上に立つ〝父親の権威〟も失墜《しっつい》するのは当たり前のことではなかろうか。

家族制度の、この崩壊の過程については、専門家ではない私は、細かい、厳密な分析は出来ないが、ただ、誰にでも分かる現象をあげてみると、まず子供たちが有利な条件にひかれて都会に出て、大企業に就職していく。父親たちも、現金収入を増やすために、農業は老人や妻に任せて出稼ぎに出るようになり、商家はデパートやスーパーマーケットに押され、家内工業は大企業のもとに飲み込まれていったとは言えまいか。

このような経済成長期に入る以前から、〝父親の権威〟を失墜させざるを得ない事態は、都会のサラリーマン家庭などに起こっていた。それが七〇年代半ば頃になって急に目につき、論議されるようになったのは、旧来の安定勢力までも崩れ、あらゆる職業の、あらゆる階層の人々が、この変革のウズに巻き込まれるようになってしまったからであろう。

繰り返すようであるが、〝父親の権威〟の失墜を男の骨っぽさだとか、意気地なさだとか、そのような次元でいくら議論をしても埒《らち》の明く問題ではなかろう。

男をそのように変えた客観情勢、社会的条件の変動を考慮に入れなければ、言ってみれば「無いものネダリ」に終わってしまう。

また、男性として、父親として、それではどうあるべきなのかと言っても、実現不可能なな理論の羅列《られつ》に過ぎなくなってしまう……。

少々、言い訳けがましく聞こえるかも知れないが、かく言う私も男であり、父親なのである！　俗な言い方をすれば、自分で自分を俎板《まないた》に乗っけて料理しようというのと同じだから、多少はやむを得ぬこととご容赦《ようしゃ》を願いたい！　そこで、それではこうした事情を考慮に入れた上で、父親とはどうあるべきか！

一つは、父親とは家庭を経済的に養うだけの存在であってはならないということである。

昔から我が国には「髪結《かみゆ》いの亭主」というのがあったが、それは女房に働かせて、自分は左ウチワでぶらぶら暮らしている。

楽な身分という、なかば羨望《せんぼう》、なかばバカにしたニュアンスがこめられた呼び名であるが、そういう場合でも、家庭の中ではけっこう頼りにされていたらしい。


動物学者に言わせると、ライオンが、この「髪結いの亭主」に似ているそうである。

まッ、これは極端な例であるが、汗水ながして働いても生活はやっとで、家を建てることも難しい現代日本の平均的男性にとって、これは決して他人事ではなく、ましてや現今の女性の社会的地位が向上している折から、この問題はもっと切実であろう。

その月の給料を、帰る途中で呑《の》んでしまったとか、遊びに使い果たしたなどという心にやましさがない限り、持って帰るサラリーが少なかろうが（もっとも現在は銀行振り込みだが）、男は、父親たる者は、共働きの女房の収入のほうが多かろうが、男は、父親たるものは、決して小さくなる必要はない！　イヤ小さくなるべきではないと申し上げたい。

そういう毅然《きぜん》とした男の存在は、それ自体、妻や子供にとっても限りなく頼《たの》もしいものなのであります。

父親というものは、心理的、精神的にも一家を養う存在でなければならず、だからと言って、特別にかまえる必要はもとよりなく、毅然としていること自体が充分に頼もしい。

現実社会の中で懸命に生き、働いているその真摯《しんし》なる姿勢は、つくろわずして家族に対する豊かな精神的栄養となると私は思っており、更に申せば、読書なども、仕事上の専門の本ばかりでなく、人間としての豊かさを与えてくれる書に親しむことも肝要であろうかと。

一般に、特に男性は、中年以上になると、ほとんど文学書を読まなくなる傾向があるようです。確かにフィクションの世界は、現実主義者にとっては関心が持てなくなるのは道理であるが、しかし、そうした現実主義こそ、精神の老化と枯渇《こかつ》の徴候《ちょうこう》であり、養分も味気もない人間となりつつある証拠でもあることに気付くべきでありましょう。

男の持つ魅力の一つは、現実をふまえながらも現実だけに終わらない一種の理想主義、ある意味では架空の世界へさえ飛び出そうとする虹を追う精神の自由と闊達《かったつ》さにあると言えるでしょう。

父親は、家族の細かい事や子供に対してうるさい存在であってはならず、シツケや教育などは母親がうるさい存在であったほうが良く、あくまでも父親は悠然としていて、一切を包容していく、また、人間としての生き方の根本にかかわる事は、厳然と子供をさとし、引っぱっていく決意がまた必要かと思われる。

いかがでござろうか、ご同輩。

医は仁術《じんじゅつ》

山本周五郎の小説に、江戸期の小石川養生所の医者を描いた『赤ひげ』がある。

この作品は、映画やＴＶドラマで、広くお茶の間でも好評であった。

一昔前までは、何でも気軽に相談にのってくれ、いざ病気になると、何をさて置いてもすっ飛んで往診にかけつけてくれていた医者がいた。権威や名声のある医者ではなく、名もない、貧しい医者である。

貧しい人を相手に、まるで身内のようによく面倒をみてくれていた。

むろん、こういった医者は現代でもいると思うが、しかし今日、巨大な病院、優れた設備が整うにつれ、医師から人間性が除去されつつある現状を感ずるのは、私一人の思いすごしであろうか。

かつてのそうした医者は、あるいは俗にいう〝ヤブ医者〟と呼ばれている人たちであったかも知れない。しかし、そうした〝庶民の中の医者〟に、真の医者の頼《たの》もしさがあったと思われる。自身を投げうって患者と苦痛を共にして激闘する医者の中に〝人間〟を見た思いがし、崇高《すうこう》さを称《たた》えていたように思える。

医学の発達は、本当にありがたいことであり、どこまでも発達して、病気の絶滅をはかってもらいたいと常に願っている。

しかし、科学的、合理的という名のもとに医師の〝人間性〟が抜きとられていくことに、耐え難いような悲しい気持ちもある。

膨大な医学書もあるだろう……精緻《せいち》を極めた設備もあるだろう……。しかし、人間一個一個はまったく独特の存在なのである。

むろん、器官、組織が生物学的に違うわけではないだろうが、にもかかわらず一人一人は皆、違うのである。

医学書は、患者の〝人間性〟を解明しているのでは決してないはずであり、その〝人間〟に迫っていくのは、同じ医師自身の〝人間性〟以外にあるまい。

医学の理論は、普遍的なものであろう。

しかし実際に、医師がぶつかる患者は個々の存在であるはずで、この普遍性と個性とをつなぐ架《か》け橋…それが医師の〝人間性〟であると、私は思う。

また、患者の医師に対する信頼度は絶大なものがある。

これは、かつての有名な話であるが、日本の医師界の権威である沖中重雄博士の誤診率が十四・二パーセントであると報道されたことがあるが、これは大変な成果であり、それを知る医師はその少ない数字に驚いたが、患者はその数の多さに驚いたそうである。

ここに、医師と患者との心理の差がある。

ともあれ医術は、やはり昔も今も変わらぬ〝仁術《じんじゅつ》〟でなくてはならないだろう。

そして、医師の依《よ》って立つ基盤は理性の座でなくてはならず、いな、生命の座と言ってもよいだろう。

信頼と等価のものは、それは愛情しかなく、仏法ではこの愛情というものを、より深く〝慈悲《じひ》〟と説いている。慈悲とは、抜苦与楽《ばっくよらく》の意であるが、その苦を抜き、楽を与えることに医学の本来の目的があるのではなかろうかと、私は思っている。

私の周りに、身体が弱いために病気で苦しむ人が多く、その人たちの苦しむ気持ちが、ひしひしと迫ってくる。

人間一人一人、かけがえのない生命である……。それを蘇生《そせい》させる医学、医術は、まさに慈悲の体現でなくて何であろうか。

私の言は古めかしい表現かも知れないがしかし、近代的で合理的な〝白い巨塔〟に、この美しい精神がいつまでも失われないでもらいたいと希《こいねが》う一人である。

これまで医学の辿《たど》ってきた道は、人間勝利の輝かしい道程と思われてきた。だが、果たして本当に〝人間勝利〟だったと言えるだろうか。

人間性の一面、すなわち〝理性〟の勝利であったのであり、人間の全体性のそれではないように思われるが、その一分の勝利に酔いしれている時に、〝人間全体〟の敗北の姿さえのぞかせてしまったと言えまいか。〝苦を抜き、楽を与える〟この簡単な言葉の中に、生命の学としての医学の復権の道があると信ずるからである。

ここに一人の患者がいる…。その病気を克服《こくふく》する力は、結局は患者の中の〝生命〟にあるとも言える。その生命の力を引き出すためには、限りなき激励が必要であろう。たんなる言葉ではなく、医師自身の人間性が、病める人をいかに力強い響きで勇気づけていくことだろうか……と言える。

また、抜苦与楽ということを更に応用して考えれば、苦を抜くとは病苦の克服であり、楽を与えることは健康の増進であるとも言えようか。

医学は、慈悲という基盤に立つことによって、この両者を満足させるものになるのではなかろうか。苦悩の解決のみではなく、すすんで生命をはつらつたるものにしていく…、ここに、未来医学の課題があるように思われる。

それは、たんなるなぐさめではなく、厳しい現実に立ち向かう生命の力強い鼓動《こどう》や調和あるリズムを創り、伸ばしていけるようでなくてはならないと思う。

慈悲とは本来、強い積極的な姿勢であると言えまいか。


法華経という経典では、仏を良医に譬《たと》えている。

最高の慈悲の人格を〝仏〟というのである……。仏像や絵像を指して仏というのでは決してないのである‼

現に生きる人間精神の中に慈悲が貫《つらぬ》かれることが、仏法なのである。

医学の再生への道は人間再生への道であり、それはまた、病める社会への再生の道であるのかも知れない。

涯《はて》

ホノルル市街の山側に連なるコオラウ山脈の稜線《りょうせん》の、山の端《は》に在るマノアヴァレイの朝には、生命力を満々とたたえた太陽が煌々《こうこう》と昇る。夕べにはアラモアナビーチの水平線に、夕陽が神秘的に空を紅く染め上げ、金波の力強いラインを描いて浮かぶサンセットクルーズの船体《ふね》の影が、黒く映《シルエット》って見えている。また、夜にはハワイの夜空に無数なる星々が銀色に光り輝き、天空を仰ぎ見る人々をメルヘンの世界へと誘《いざな》っている。

この絶妙なる宇宙の鼓動と律動の、深遠《じんえん》なる真理の実相に、涯《はて》しなき想いを馳《は》せているのは私一人だけではないでしょう。

宇宙にはロマンがあり、永遠があり、広大無辺なる生命の拡がりを感じさせている。そして宇宙には、その神秘を探ろうとする人間の基本的な衝動があるようです。宇宙を想う時、人間の精神と魂は無限に拡《ひろ》がり、そこにかけがえのない地球と人類への慈愛の念も誘発されるのでしょうか。

人類が地球という天体と歴史に思いを馳せ、更に広大なる天空を見上げて生きれば、心の狭い宗派と、民族間の争いの愚《おろ》かさと、平和の大切さに気付かずにはいられないでしょうし、荘厳《そうごん》なる永遠を仰《あお》いで進めば、国家間のエゴの対立などはあまりにも空《むな》しいと思います。

数百億年、数千億年、あるいはもっと深い時空の拡がりを持つ、途方もなく広大で深遠なる大宇宙……。その中に存在する何十億、何百億もの恒星、生物の生息する膨大な数の惑星・宇宙に遍満《へんまん》する生命の基本的構成要素……。

これらの事実に深く思いをめぐらすことは、すべてに厳粛《げんしゅく》なる人間の教育的な経験となることでしょう。

難《むずか》しき言葉を用《もち》いますれば、人間の欲望の業火《ごうか》として燃えさかる〝自我意識《じがいしき》〟。人間の心臓に深く突き刺さっているエゴイズムという〝矢〟を抜き取る以外に、現代の苦悩に満ちた人間世界の危機を転換する根源的な方途は、ほとんど見当たらない現状です！

個人のエゴイズム・社会集団のエゴイズム・民族や部族中心主義・人種差別、宗派性が持つエゴイズム……そして偏狭《へんきょう》なるナショナリズム……。これらの各集団に巣食うエゴイズムを克服しない限り、猜疑心《さいぎしん》を生み、対立を招き、最後には戦争という事態にまでなってしまうのでしょう。

それをなくすには、人間生命の内奥《ないおう》に展開する〝内なる宇宙〟を探索することだと思いますが、そうしますとあとに出てくる〝人体〟の内容、宇宙根源の大生命にまで至り、宇宙大の生命は、やがては〝外なる宇宙〟の生命を生み出す源泉となるかもしれません。


さて！　水の惑星と呼ばれている〝地球〟という天体の大自然の中で、宇宙と一体感を持って生活を営んでいました太古の人たちは、どのような宇宙観を持っていたのでしょうか？　人類は、古代から民族の間で、神話や伝説に、必ず自然と生活にそれぞれの宇宙観を散りばめ、深く一体感を持って生きていたようです。

涯《はて》しなき大宇宙や大自然に、深くそして強き憧憬《しょうけい》を抱いていたのでしょう。

朝に、力強き生命力を放って昇る太陽を仰ぎ、夕べには、天空を紅く染める夕陽、そして夜空には無数なる星々が光り輝く絶妙なる宇宙と自身に、素朴なる人間の生命の証《あかし》を率直に直感していたのでしょう。

また、古代人たちは、太陽や星を深く観察して、星座の移動で移りゆく季節を知り、日の出や日の入りの位置の変化で、その時の季節の変わり目を知っていたようです。

そしてまた、日食や月食にも周期性があることに気付いたり、狩猟や遊牧、漁業にたずさわりながら、不思議なる天体の運行を学んでいたようです。

種まきの時期も、狩りや遊牧の良き季節も、漁業の好期も、正確に知っていたようで、それは、人間と大宇宙との〝感応《かんのう》〟が成せる本然的な知恵を持っていたと思います。

そうして天体を含めた大宇宙との相関した上に、何千、何百年来、生きてきている人類の本然的な〝一念〟というものは、科学の知識は無くとも、昇りゆく太陽や降り注ぐ恵みの雨などと、自然界の作用を日常の経験から学び取っていたのではなかろうかと。

現代の忙しい人間よりも古代人たちは、人間自身の生命体と大宇宙の生命体との感応について理論も理屈も超克《ちょうこく》して、豊かな直感智というものを持っていたのかも知れません。

そのような不思議な天体の運行というものの中から、天象や地象や気象をそれなりに素朴な智恵で把握し、宇宙と人間の密接なる関係を素朴ながらも人間の証《あかし》として、深き憧憬を抱いていたことは当然なことだと思います。そして……太陽への感謝と賛仰《さんぎょう》が古代人の生命の中に芽ばえ、そこに素朴なる古代宗教が生まれたのが〝太陽神〟の信仰であったのではなかろうかと！

聞くところによりますと、人類がこの地球上に現れてから数百万年しか経《た》っておらず……、この地球上で一般的な文明が生まれてから、まだ一万年しか経っていない。

現代的な形の科学的考えが生まれてから、まだ数千年しか経っていない。
人類が技術的文明の時代に入ってからは、まだ数百年しか経っていない。
人類が原子力や核物質、無人有人の宇宙船を持ってからは、まだ数十年しか経っていない……。

広大無辺なる大宇宙から比べれば、地球は宇宙の中の、ほんの一点の燐火《りんか》に過ぎず、宇宙自然の膨大《ぼうだい》な生命群は、それぞれ微妙な全体の連関の環《わ》の中で成り立って、人間もその壮大な見事な環を創る一員でしょうか。故《ゆえ》に人類は、この自然を友とし、本来の自己の存在の原点をもう一度かみしめる時期を迎えているように私には思えます。

自然や国土の破壊や、思想の乱れ、宗教や人心の乱れが続いている昨今でありますが、このままでいきますと、あるいは人間たちは宇宙の涯で、ただ独り愚かにも叛逆《はんぎゃく》する孤独な存在になりかねないと案じています。

日々刻々と変化してゆく現実の生活にあって、社会へそして宇宙へと、無限なる拡《ひろ》がりを持ち得る人生観がありましたら、宇宙に秘められた神秘を、ただ考えるだけで止まらないのではなかろうかと……。

現代は喧噪《けんそう》の時代であるからこそ、生命や宇宙に対しての感動が必要であり、また、人間と社会の泥沼の如《ごと》き現実を避けて、ただ神秘的に考えるだけであるならば、宇宙はたんなる好奇心の舞台となり、そしてまた、宇宙をたんなる利用の具にしてはならないことも、また然《しか》りでありましょう。

人間誕生のドラマに宇宙生命との深き邂逅《かいこう》があり、宇宙的心情の胎動《たいどう》がありましたことは、人間が人間として生きることの根源的な意味と、そのあるべき姿勢を示唆《しさ》しているように私には思えます。


話は変わりますが！

地球から太陽までは一億四九六〇万キロも離れているそうですが、その距離の中を、地球という天体は自転と公転を続けながら、美しい水の惑星として存在し、すべての生物の生命を守り続けております。

もし……地球が太陽にあと三〇〇〇万キロ近くても、また遠くても、人類を含めたすべての生物は存在ができ得ないのです！　この距離だから、生命を維持するための最も重要な〝水〟が凍《こお》りもせず、蒸発もせずにいられるのです。

この遠からず近からずで、地球と人類と諸生物を生み出し、育《はぐく》んでいることを考えれば、人間のエゴイズムから生じる各種の公害、それに核実験と核の保有がどれほどに恐ろしいことであるのかを、我々人類は考えるべきでありましょう。

男の中の男

男がひとたび一家の主となると、その途端《とたん》に男の権威が失墜するような仕組みが、見受けられる。これが昨今の世の中の風潮なのか。

社会は豊かなのに、家計は貧しくないまでも、家一軒建てる程の余裕がなかなか望めない！

特に現今の地球上に於いては、各国各地での紛争が相つぎ、そのために生き場を失い、彷徨《さまよ》い続ける難民が続出。イスラム国ISの極悪の無差別のテロの横行、相つぐ自然の大災害、先進諸国のエゴイズムの強行が招く経済の変動に、思想の乱れ等々がある。

間接的に我々はそれらの悪行から免れてはいても、今日の社会生活に、陰に陽に影響し、それがまた社会の一単位である一軒一軒の家庭にシワ寄せされて、毎日、現実的な影響を与えている。まったくやりきれないと誰もが心の奥底で考えており、なかば諦めたように、忘れたような顔をして一日一日を送っているのが、現代社会人の生活の実態ではなかろうか。そうは言っても、日常の生活にこうむる被害は年々歳々に深刻になってくるので、忍耐するにも限度があるだろう。

家庭内における波風というものが、時に爆発することにもなりかねず、日常の些細《ささい》な事から起きる不安と不如意《ふにょい》は、もっぱら一家の柱であるべき主人に向かわざるを得なく、この時、一家の主は無能者にされ、妻や子供からの集中攻撃を免れないことになるケースもあるようです。

妻や子供は他人ではなく、家族の悩みを悩みつつ、なんとかしなければならぬと心につぶやきながらも、成《な》す術《すべ》もないままに、夫たる父親たる権威をいつしか喪《うしな》ってしまい、一家の中でいちばんおとなしい人間になってしまう！

これはウーマンリブによるものではなく、現代社会ほど従順な亭主族というものが出現した時代はない、と言えるのかも知れない。

まことに人類史上、思いあぐねた男の表情が、かくも深刻に数多く現出したことは稀《まれ》であるに違いなく、満員電車の中の一家の主たちの表情を子細にごらんになれば、誰でもがすぐに気付くことである。

それでも男という男は、仕事に生き甲斐を感じている尊き種族なのであります。

ハワイの地に定住して居られる日本人の男たちではなく、現実に日本で人生を戦い続けておられる戦士たちは、経済成長という〝カラクリ〟に操られて、昼間は会社や工場でせっせと働いて使命感に燃え、元気を取り戻しておられるが、仕事を終え疲れて帰る家庭には、もはやオアシスの幻影しか残っていないかのようで、家人に帰れば、何か集中攻撃を浴びるような恐怖に戦《おのの》いて、家路に向かう足は重く、我が家から離れている時間だけに亭主族の安息があるといった、外では陽気で、家では陰気な、おかしな現象が生まれてくるのでしょう！

シェイクスピアの『ヘンリー五世』に、こんなセリフがあります。

〝男というものはいつもそうだが、我が家から離れている時がいちばん陽気なものだ〟と。

陰気な男たちが、バーや焼き鳥屋、おでん屋ではどんなに陽気であるのか？　世のご婦人たちはあまりご存知ではないのだろうか！　シェイクスピア時代からの、この男の生来の傾向は、今日に至っても益々猖獗《ますますしょうけつ》を極《きわ》めているのである。

これが極点に達した時、〝蒸発〟という恐るべき現象が各所に起きるのであろうか。

現代の亭主族は、このような宿命の中に漂っていると、私は時々寂《さみ》しく思うのである。

イギリスの哲学者ベーコンは、こうした男の背負わなければならない宿命について、うまいことを言っている〝妻と子供を持った男は、宿命を質に入れたようなものである〟と。

この宿命をどう転換するか、またはこの宿命からの脱出を夢見て、懸命に働き、努力することに男の生涯があったと言っても差しつかえなかろうかと、そして、男の生涯における幸運、不運、悲運が決定されるのも、この宿命をどう理解し、どう戦って処理するかにかかっていると思われる。

昨今の社会の諸々の根源的な状況というものは、こうした男の戦いを益々困難なものにしており、いい加減な努力や勇気では到底切れ乗り切れそうもないところまで来てしまったようである。

アメリカの諷刺《ふうし》漫画家のサーバー氏は、男らしい男の姿を漫画の中で描きあぐねた時に、彼はかつてこう嘆いている。

「ライオンの雄にはタテガミがあり、孔雀には豪勢な翅《はね》があるが、人間の男には、三つボタンの背広しかない」と。雄として現代の男の存在は、動物にも劣ることになってきており、男たることを恥じるわけでもなかろうが、若い男性の服装や身体の女性化というのも、案外とこんなところに胚胎《はいたい》しているのであろうか。

また、結婚についての考え方も、随分変わってきているようである。

家庭というこれまでの結婚形態に不安を抱くのであろうか、別居結婚とか、友愛結婚とか、家庭を無視した様々な試行錯誤が行われているようである。

この事は、家庭生活のせちがらさや、わずらわしさを嫌い、結婚だけを合理的に実践したいという発想から生まれたもののようであるが、この発想には旧来の結婚に対する恐怖、更には家庭に対する恐怖がひそんでいることはあり得ると私は思う。


家庭の主婦の中には、夫に原始的種族の酋長のような、力ある頼りがいのある「男の中の男」という男性像を想い描いている方もいらっしゃるように思われるが、現実は逆の方向へと時代の流れは進んでいるようで、不甲斐《ふがい》ない夫、ぐうたらな夫、家庭のことも子供のことも考えていない夫というふうに、弱点ばかりが目について、夫を責めるのが主婦の資格でもあるような、また、責めることによって密かな優越感を味わって気楽な日常を送っているケースが無いとも言えない。

昔風な言葉でいう「井戸端会議」の会話を録音してみたとすれば、夫に対する嘲罵《ちょうば》がウズ巻いているに違いなく、また、このような環境に身を没せざるを得ない亭主族は、いつか自らを〝ダメな人間〟と自嘲しながら、人生はぐうたらに限るなどと、益々心寒い風化人間となっていくのであろうか！

近年、人間性の喪失が叫ばれてすでに久しく、砂漠化した人生をなんとかたて直そうと様々に試みたものの、諸々の社会状況は悪化の一途を辿《たど》るばかりであったようである。

そして昨今は、この世は終末に近づきつつあるのではないかとの予感から、漠然たる終末感が瀰漫《びまん》しつつあるようにも思われるが、このような悲観すべき、恐るべき地球種族の状況の中にあって、これまでの人間に関する既成概念《きせいがいねん》の変革に、まずその救済と同時に蘇生があることを信じ、願うものであります。

夫婦にとって卑近なところを申せば、それは家庭でありましょう。

現代社会に身を処する以上、様々な欲求不満が家庭の主婦たちにあるのは当然で、だからと言ってそれを一家の主を目標としてぶつけて気を晴らすなどということは、凡《およ》そ見当が狂っていることになりかねなく、あなたが欲求不満である以上に、社会情勢の前代未聞と言ってよい数々の抑圧に押しつぶされて、追いつめられた亭主族は、不満をぶつける目標すら無くて、無力の我が身を苛《さいな》みながら、やっとのことで家庭の妻や子供を護ることに懸命になっているのも事実でしょう。

また、いくら懸命になっても、果たして目的が達せられるかどうか不安に思いながら懸命になっているのです。

現代に〝男らしさ〟というものがあるとしたら、実はこんなところに追いつめられて、なお戦い続けている姿にしか〝男らしさ〟が実在しないのではないかと思えば、いじらしいばかりの〝男らしさ〟でありましょう。

現代の男らしさをここまで追いつめ、その苦渋を妻子にまで波及し、家庭というものを近親相争の救いのない場としてしまった元凶は、人間一人一人の生命を蔑視して、かえりみなかった近代科学の悪の一面にあることは勿論でありましょう。

しかし、だからと言って近代科学を捨て去ることは出来なく、もし捨て去ったとしたら、地球上の社会生活というものは、その瞬間から崩壊してしまうのは明らかであり、航空機は飛ばない、電車も走らない、電気・ガス、水道も機能せず、社会は混乱し想像も出来ず、これらの科学機構は人間生活を便利に豊かにしたが、環境そのものを破壊し汚染して、資源は枯渇《こかつ》し、人間がやがては住めない地球にしてしまうだろうと気付いたのは、残念ながら、つい最近である。

このような一切の重圧の中で、ともかくそれを防御し、なんとか血路を開こうと最先端に立たざるを得なくなったのが、この世の亭主族であったと思います。

ぐうたら亭主であろうと、何であろうと、絶望的な終末感の中から奮い立とうと、今新たな出発点に立っているのです。

このような男こそ、現代の〝男の中の男〟と言うべきでありましょう！

女性は男と結婚しているだけであるが、男はなお、困難な仕事とも結婚しております。

家庭が様々な社会崩壊の重圧に押し流されて、同じく崩れてしまうとしたら、この世の男という男は、住む場所も、寝る場所さえも失ってしまうことになり、ホームレスの実態からみても、地球上の浮浪人となってしまうことは明らかでありましょう。

社会、社会といっても、つまるところ無数の家庭の集積に過ぎず、家庭が崩壊しなければ、社会も崩壊はしない……。そして家庭、家庭といっても、血族の人間一人一人の集まりであり、この一人一人の人間が崩れない限り、家庭の崩壊はあり得ないでしょう。

社会の一切の原点が一人一人の人間にあるとしたら、その人間にとっていちばん大切な替え難いものは何かと言えば、一人の生命しかなく、この生命の存立が現代ほど脅かされている時代も、かつて無かったはずです。

現代の恐怖とは、ことごとく、ここに基づいている……。しかも、人間の生命についての知識は、まだまだ極めて貧しいと言えますが、だが、この根源の問題を避けて通ることは出来ないところまで来てしまっており、一人一人の生命の尊厳がどんなに無視されて経済が発展し、政治が運営されてきているのかは、今日の世相百般《せそうひゃっぱん》を熟視してみれば、誰にも容易に分かることでしょう。

男性生命の本質ともいえる〝男らしさ〟の喪失など、まことに当然と言わねばならなくも、いつの間にか、我々はこのような前代未聞の時代環境の中で生存を続けざるを得なくなっており、その責任を問うとしたら、誰の責任でもなく、それは地球上の人類という種の責任なのです。

この自覚が社会全般に生ずるには、まず、家庭における自覚がなければならず、夫たる者の責任を責める前に、このような時代環境と対決を余儀なくされつつ、努力を傾けている世の亭主族を思いやることができれば、家族の波風というものはよほど穏やかであろうかと……。そして夫にとって、この対決の戦いの最大の味方、百万の味方は、言うまでもなく世の妻や子供たちに於いて他になく、今後の家庭は、このような雄々しい戦士とその眷属《けんぞく》との温かき〝巣〟であって欲しいと願うのは、すべての男たちの願いであります。

順《したが》って、夫に対して深く思いやることは、妻の単なる従順さではなく、生命の尊厳ということを家庭生活の基盤に置くかどうかの実践の所以《ゆえん》であろうかと思われます。

強力なありがたい味方を持つ夫たちは、雄々しく立ち上がって日常の対決の場で戦うでありましょう。この時、妻たちが心に描いていた「男の中の男」の理想的映像をくっきりと目にすることが違いなく、それは同時に、男の蘇生《そせい》を意味するでしょう。

ある聖哲《せいてつ》の言の葉に、「女人は男に従い、男を従える身なり」とあります。妻は夫に従っているようで、実際には夫は妻に従っている！　これは妻たるものの一生を支え、しかも夫を蘇生させ、力の限りの能力を社会に発揮させる。

また、男を従えるとは、良妻賢母と言われる主婦は、まさしくこの言葉の意味が、無量の智慧《ちえ》を秘めている千古の銘言《めいげん》と言えるでしょう。

「男の中の男」とは、こういう主婦を持っている男のことを言うのでしょうか。

信解《しんげ》

村上春樹氏の作品の中で、〝イデア〟という身長六〇センチくらいの妖精のような異形《いぎょう》の存在が、絵の中から飛び出してきて、重要な役割を果たしている。〝イデア〟は「見える人にしか見えない」存在で、相手の認識からエネルギーを得ている……という設定になっている。

そのような物語だと、恐らくミリオンセラーとなるであろうか。

「無宗教」が多数派だとされる日本人も、文学という切り口でSFを提供される場合は、目に見えないもの、宗教的なものをすんなりと受け入れるのである。

ところが、宗教という形を取ると途端に拒絶反応が起きる！　実に不思議である！

現代社会に於いては〝宗教は理性に反するもの〟〝得体の知れない恐いもの〟だと捉《とら》えている人があまりにも多い。


そもそも、「自分は無宗教だ」と思っている人が日本では多数派である。

宗教についてよく理解した上で、あえて選択する「無宗教」「無神論」ならよかろうが、日本人の言うところの無宗教は、たいていの場合「宗教に対する無知」でしかない。

そもそもが、「自分は無宗教だ」と言っている人でも、何かを信じて生きている！

ロシアの宗教哲学者のニコライ・ベルジャーエフは〝人間は何かを信ずる〟と述べているが、つまり、無神論者は「無神論を信じている」のだし、唯物論者《ゆいぶつろんじゃ》は「唯物論を信じている」、そしてまた共産党員は共産主義という〝宗教〟を信じている。

「お金だけがすべてであり、お金が何よりも大切だ」という価値観で生きている人は、「拝金教」の信者である……。

このように、何も信じていない〝まっさらな無宗教者〟など、実はいないのである。「信」は人間の生の基本的条件であり、人間は「信ずるか」「信じないか」を選択することはできない。選択できるのは「何を信ずるか」ということだけであろう。

そして、この「何を信じ、何を信ずべきでないか」を体系化したのが宗教であり、その意味で宗教は、万人の人生、日常と密接にかかわっているのではなかろうか。

而《しこう》して、すべての人が何かを信じているにもかかわらず、信仰について深く考えたことのない人々が宗教だけを特別視して怖がったり、蔑《さげす》んだりするというのは、おかしな話であると思う。パスカルが信仰なき人々に対して述べた、「宗教が理性に反するものではないことを示さなければならない」という『パンセ』の有名な一節がある。

「信ずること」と「理解すること」を一体にした言葉が、法華経で説く〝信解《しんげ》〟であるが、信解の「解」は理性を意味するとも捉えられるから、「信解」という言葉それ自体が信仰というものの本質を一言で示しているかのようである。

「信」だけで「解」が無いのでは妄信になってしまうし、「解」だけで「信」が無いのではそもそも信仰とは呼べなく、信仰者にとって「信」と「解」は一体であるべきであり、重要なことは、この「信解」という二文字の中に〝信心と智慧《ちえ》〟と〝信仰と解脱《げだつ》〟、悟りという仏法上の根本問題が凝縮されており、ひいては「信仰と理性」「信じることと知ること」という哲学と文明の根源的な課題にも連なってくる。

しかしながら、現代社会に於いては〝宗教は理性に反するもの〟〝得体の知れない恐いもの〟と捉えられているのも現実である。

信解の「解」とは、「智慧」のことで、理性そのものではないが、理性と合致し、理性がその一部であるような「智慧」である。極限まで理性的でありながら、同時に全人格的である「智慧」…、それを「信」によって得るのが「信解」であるという！

キリスト教神学に於いては、神を理性的に理解しようと努めることは、むしろ信仰を強化すると考えられた。つまり、知識と信仰、学問と信仰は相容《あいい》れないもの…ではなく、互《ご》恵的《けいてき》なものであると考えたのである。

「仏法の〝信〟とは、理性をふり捨てて盲目的に帰依《きえ》するというような〝狂信〟ではなく、敬虔《けいけん》な探究心を出発点として智慧を育《はぐく》んでいこうとする理性的な精神の営み」として説いている。

そしてまた、今必要なのは、現代の諸科学をも視野に入れた、新しき〝信と知の統合〟を唱える壮大な文明的挑戦である。「信念なき知識」と「理性なき狂信」に引き裂かれた人間社会を復興させる試みである。

「信念なき知識」と「理性なき狂信」

そのどちらにも偏ることなく、「信解」という正しい形の信仰を貫くことは、現代人にとっては仲々《なかなか》の難事である。

しかしながら、宗教について学べば学ぶほど、純粋な「信」から離れてしまったり、逆にオカルト的な狂信の域にまで突っ走ってしまったりしがちなのが昨今であろうか。

そもそも宗教には、現代的にみますと、「人を眠り込ませる宗教や、人を目覚めさせるものもあり、また人を強くするのか、弱くするのか、賢くするのか、愚かにするのか、善くするのか、悪くするのか」の基準を見極める必要があろうかと思われる。

宇宙の巨《おお》きさ

今では遠い昔の宇宙での物語になってしまっているが、人類の月面着陸は、科学技術の勝利の凱歌《がいか》であった。と共に、宇宙時代への開幕を告げる荘厳《そうごん》なる儀式であったとも言えようか。このぶんでいくと、人類はもう、自由に宇宙空間を旅行が出来るように必ずなるだろうと、誰もが夢見ていたのは確かである。

その後、無人、有人のロケットが次々と開発され、火星や金星や木星などの惑星の実態が、宇宙から次々とその映像が送られて、宇宙というものが遠い彼方ではなく、自分の身近なものとして感じられるようになった。

また、長期間での宇宙ステーションでの滞在はすでに可能となって、次々と人類は現実的な様々な研究に挑《いど》み、進化を見せている今日である。

しかし、ここでもう一度、宇宙というものの巨《おお》きさを、改めて考えてみなくてはならない時を迎えている。今日までの巨大な科学技術の成果に圧倒され、ただ浮かれていると、意外な落し穴に落ち込むかもしれない。

宇宙時代の現今の社会は、宇宙がどのような次元世界であるかを考え、科学に頼るべきこと、科学の限界、新しい視野の展開を、真剣に検討すべき時代であろう。

周知の如《ごと》く、地球と月との距離は三十八万キロである。

アポロ11号では、七〇数時間で到着した。

もし、同じ宇宙船で、地球のすぐ外側の軌道《きどう》をめぐる火星に到着するには、九カ月近くもかかることになる。

また、最も外側の惑星である冥王星《めいおうせい》に到着するのには、実際には幾十年もかかってしまうかもしれない。

月と地球の隔たりなら、光は一・三秒で届くので、地上との通信には支障がなかろうが、冥王星までくると時間差がずっと開いてきて、通信のために往復十数時間もかかってしまうと聞く。

もし、太陽系を飛び出して、お隣の恒星《こうせい》まで行くとなると、そんな比ではあるまい。光で四・三年……現在の宇宙船では、全速で飛ばしても一〇万年以上もかかると聞くが……、一〇万年も昔といえば、人類はまだネアンデルタール人ぐらいの段階であることを思えば、それこそ大変な時間である。

ましてや通信には、往復九年もかかるというから、最早《もはや》、地上との応答もまず不可能であろうし、最も近い恒星ですらこのような遠距離にあり、まして、夜空に輝く星は、たいていはその光が数十年、数百年、数千年も経て地球上に到達しているのだ！

銀河系と呼ばれる我々の小宇宙には、このような星が一〇〇〇億ないし二〇〇〇億もあると言われるが、銀河系宇宙自体の直径も、実は一〇万光年という膨大《ぼうだい》なものである。

しかも、この銀河系のような小宇宙は、現在の地球最大の望遠鏡の届く限りでも、数百あるいは数千個もあると言われている……。

今日のロシアの理論天文学者の一人は、将来、光子ロケットが用いられる時代になったとしても、人間が行って帰って来ることが出来るのは、せいぜい最も近い幾つかの恒星だけに限られていると予想している。人間が、銀河系以外の小宇宙に達することは、「いつになっても、絶対に不可能である」と述べている。

それでは、たとえ、そこへ到達できなくとも、最も巨大な性能の優れた望遠鏡が出来れば、数百億光年先の彼方まで見ることが可能であろうか⁉

実はそれも、天文学者は否定している。

現在この宇宙は膨張《ぼうちょう》を続けている。およそ一五〇億光年の彼方の星雲は、ほとんど光速で、我々の銀河系から遠ざかっている！

そこは、宇宙の言わば〝地平線〟、つまり宇平線《うへいせん》であり、故に、それ以上はどんなに見ようとしても、見ることは不可能だという！　たとえ、誰かが一五〇億光年先の彼方に行けたとしても、またそれより先一五〇億光年には、やはり〝宇平線〟があるに違いなく、どこまで行っても涯《はて》しなき拡《ひろ》がりを持つのが宇宙なのである。

かつてアインシュタインが、宇宙空間は曲がっており有限であるが涯《はて》がない、と言ったのは、丁度、球の表面積には限りはあるが、円周や球の表面をいくら行っても、これが終点という涯がないことになぞらえていたのだと思われる。

アインシュタインは、この考えを宇宙に適用したのである。つまり、宇宙に含まれている物質やエネルギーには限りがあるが涯はないという、四次元空間を考えたのであった。

確かに空間というものは、そこに物質〝質量〟があるとゆがめられる！

事実、光の波は、天体の側を通る時、曲げられることが確認されている。

しかし、だからと言って、宇宙が閉じているという確証は、決してないのである。

逆に、馬のクラのように、どこまでも開いていく面を持った三次元の空間も考えられる。

そうなれば、閉じた宇宙同様に、開いた宇宙というものも充分に想定できようか。


最近、米航空宇宙局（ＮＡＳＡ）の発表では、天文観測衛星で撮影した天体写真によると、銀河系外の小宇宙が、これまで考えられたよりもずっと明るい紫外線を発しているという。

それが事実であれば、小宇宙間の距離は、もっとずっと離れていることになり、宇宙は更に巨大なものとなるだろう！　ことによると、閉じた有限の宇宙ではなく、開いた無限の宇宙であるという可能性すら出てくるだろう。

あるいは宇宙というものは、これまで述べた宇宙像よりも、想像を絶するほど巨大なものかもしれなく、つまり、科学で捉《とら》えられている宇宙は、これまでの大宇宙よりみればまるで泡のようなもので、隣りでは収縮している〝泡の宇宙〟が存在していようか！

そして、膨張し、発展している宇宙などを無数に含む大宇宙そのものは、全体としてどこまで行っても不変ではなかろうか。

また、現在の宇宙は、膨張する以前には収縮していたのではなかろうか……。

その収縮のエネルギーに転化したのかも！

このようにして宇宙は、膨張と収縮を繰り返しつつ、無限に持続するのでは……私はそのように心思をしている。

ともあれ、どのような宇宙を想定したとしても、科学が対象とする宇宙は、宇平線を持ち、一五〇億光年前に起源を持つ限られた宇宙であることは確かである！

それ以上を探究するのは科学の分野ではなく、それはむしろ、哲学の分野だろうか。

本来、宇宙というものは哲学の世界であると、私の賛仰《さんぎょう》の師は言われている。

その哲学の基盤の上に、実証科学の認識が進んでいくものだとも、師は述べている。

宇宙を開いていく眼は、人間の内面にあるものを開いていく姿勢でもあり、所詮《しょせん》、宇宙時代の始まりとは、科学と哲学とを統一的に持った人間英知の時代の始まりであるとも言えようか。

諸行無常《しょぎょうむじょう》

〝祇園精舎《ぎおんしょうじゃ》の鐘の声、諸行無常《しょぎょうむじょう》の響きあり。沙羅双樹《さらそうじゅ》の花の色〟『平家物語』に出てくる、盛者必衰《しょうじゃひっすい》の理《ことわり》を表す一文である。

個々の人間の栄華や人生、社会での生業《なりわい》の成功などは、永遠に続くものではなく、風前の灯火《ともしび》に過ぎない……。

宇宙の万物の森羅万象《しんらばんしょう》というものは、常に流転し、変化し、消滅が絶えず、仏教の根本思想である人生や事象というものの儚《はかな》さを表している栄枯盛衰の理である。

森羅万象の万物のすべてが変化をするということは、人間の、人生に於いての厳粛《げんしゅく》な真実ではなかろうか。

また、真実の仏教の無常感というものは、決して感傷的なものではなく、それはむしろ、力強い、ダイナミックな、前向きな人生を示していると思われる。

一般的に、世の中や人間の事象人生というものを情緒的に、その変転や流転《るてん》を嘆く際に使われる「諸行無常」であるが、すべての万象《ばんしょう》は常に生滅変化をしていき、何ひとつとして、永久、永遠、不変なものは無いのであろうかと、私には思われます。


人間は意味を求めてやまない動物である。

何のために生きて、なぜ死んでいくのか……人生の浅深、高低も、ここで決まる。

いかなる事象も、永遠という壮大なスケールから見れば、現在の栄華、つまり名声や私欲という名聞名利《みょうもんみょうり》は、人生の中での一場の夢に過ぎない。

人間が不幸になるのは、何らむずかしいことではなく、それに対して、人間が幸福になるということは、本当の意味で、不断の努力と困難をともなうものであろうかと思われる。

そして、幸福になるのには多くの出来事を乗り越えなければならず、負けることだって当然あり、また乗り越えられない出来事や不幸も必ずあるはずで、力いっぱい闘ったあとでなければ負けたとは言い難いと思う。

幸福になろうと欲しなければ、絶対に幸福の女神は振り向いてはくれない。

現代社会は、人々がゆとりを持ちづらい世相《せそう》が目に見えて広がっている。

人生の一つ一つの課題に意味を見いだせなく、押しなべて、紛《まご》うかたなき不安と戦慄《せんりつ》の世の中に見えている。

言うなれば……人類は欲望という〝車〟のアクセルによって知能というエンジンを動かし、信仰というハンドルとブレーキによって、安定した人生と生活を求めてきていると言えまいか。


しかしながら、ともすれば『平家物語』のような、信念なき知識と理性なき狂信に走り続ければ、必ずや生者心哀《しょうじゃしんあい》の挽歌《ばんか》のメロディーを奏《かな》でることになっていくだろう。

平家物語では、一族の人間たちや一門の栄華など、実に風前の塵《ちり》に過ぎないのに、どうして愚かな争いを繰り返し続けたのかという〝人間の性《さが》〟を儚《はかな》んでいる。

仏教では人生を無常と説いており、また、無常迅速《じんそく》との言葉もある。

無常とは、言いかえれば〝変化〟のことであり、万物はすべて変化をする。

これが仏教の根本の認識であり、また、人生の厳粛な真実である……とも。

宇宙の森羅万象の万物が変化していくということは、若い人にも観念的にはよく理解できるかもしれないが、しかし、迅速というその速さの実感は、ある一定の年令にならないと分かりづらいと思われる。

人生は、うっかりしていると、あっという間に過ぎてしまうが、このことは何かセンチメンタルな、諦観的《ていかんてき》なものとして受け止められている傾向があることは否めない。

また、世界的にも、現実否定的な、あるいは受動的な人生観と結び付けて連想されている傾向がある。

日本の文学、芸術の世界に於いても、無常観は深くその底流を形成しており、この無常観の系譜を、日本文学の中に探った研究も少なくないようである。

しかし、真実の仏教の無常観は、決してそうした感傷的なものではなく、力強い、前向きの人生観を教えている。


余談であるが、オアフ島のある場所に車を走らせながら迷い込んだことが十数年前にあったことを想い出している！

深い森林が続く中で、十数戸の家が…というより集落が佇《たたず》み、風の音だけが戦《そよ》ぐその光景は、紛《まご》うかたなき〝平家の落人《おちうど》の部落〟を想わせる、実に奇妙な場所であった。

あまりにも無気味なその集落は、道路にも、その周辺にも、人も犬も目に映らなく、急いで車をUターンして、振り向くことも出来得ずに、やっとの思いでタイムスリップからフリーウェイに入った！

家路を急ぎ、夕食を口にしながら、妻も私もずっと無口を決めこみ、〝平家の落人部落〟を想い出していた。

うっそうとしたその場所には、クリスマスツリー用の巨木が集落を囲み、まるでその集落は息を殺しているかのように無気味なほどの沈黙に包まれ、人影は見当たらなかったが、空家の廃屋《はいおく》ではなく、家々には幽《かす》かに明かりが灯っていたので、尚更に気味が悪かった。

平家物語の〝驕《おご》れる平家は久しからず〟の言葉は、現代の人々にも相通じている。

戦国の覇者の信長は、当時の各宗門や宗派の宗僧が堕落《だらく》、滅亡したのは、「既得権益」の確保を事とし、宗従に布施や喜捨《きしゃ》を強要し、財物を貪《むさぼ》り、戒律を破って酒色《しゅしょく》にふけり、淫楽に溺《おぼ》れ、王法を侵《おか》したが故に、民衆を教化できず、戦に荒《すさ》みきってしまっていたからだ、と!

官も、民間も、宗教も、政治も、軍事力も、それぞれに〝既得権益〟が、がんじ搦《から》めにはびこり、ついには〝諸行無常〟の理が、諸悪の根源となってしまった、古《いにしえ》の歴史の教訓となったのではあるまいか。

ステイ ホーム

旧ユーゴの戦乱は、本当に悲惨であった。

ある文学者に、ボスニアの詩人は言った。「今ボスニアは、まさにこの世の地獄となっている！　今日のサラエヴォで書くことができるのは、死亡記事だけだ！」と。

サラエヴォのある少女は、戦争が始まってから一年半、自宅からまったく外出することが出来ず、自分の部屋でさえ危険で入ることが出来得ず、トイレと廊下だけが比較的安全で、そこで数カ月も暮らし続けていた。

そして少女は想った。

〝ステイ ホーム〟が続く中では、誰かと話をしたい！　誰かを愛したい！　いちばん大切なことは、何が起ころうとも〝人間〟でいること、〝人間〟であり続けることだと思い続けながら生きていた……と言っている。

コロナショックの嵐の中で、世界中の人々は、果たして「人間であり続ける」ことが出来ているだろうか！

経済の大打撃、学校の閉鎖、あらゆるイベントやスポーツの中止、不要不急の外出禁止、ステイ ホーム。すべての場所で人が集まることを徹底的に禁じられ、まさに、この世の地獄が続いている。

連日メディアは、その日その日のウイルス感染者の数と、死亡者の数を報じているが、何千人が感染したとか、亡くなったとかが悲劇なのではないだろう。

亡くなられたどの方も、かけがえのない家族であり、友人であり、医療関係者である。

WHOのコロナウイルスの感染用語も、「パンデミック、クラスター、オーバーシュート、ロックダウン」と、次々と新型の言葉が目に入る……そして政府の「非常事態宣言」も。

ともあれ、ウイルスの感染、拡散の対応には、すべての感染国で、その国の文化が表れている。「生命」を大切にする社会か国か否かが、ハッキリと映し出されてしまう。

こうして概観するだけでも、現下の人類が直面しているコロナウイルスの脅威《きょうい》は、誰もが予期しなかった混沌《こんとん》である。

人間の目には見えない不可解なウイルスは、大宇宙の中で蠢《うごめ》く〝超極微小の素粒子群〟であり、地上のありとあらゆる物体を貫通する、恐ろしい程の透過性と透過力を持っている！ その新たな素粒子群は、あらゆる〝生命〟を襲い続けている！

粒子感染は、肺ガンや早死のリスクを増大させ、喘息《ぜんそく》や心臓疾患《しっかん》、生殖機能にも悪影響を及ぼすと聞く。

〝生命〟というものの表現は、どんな「定義」をしても、そこからはみ出してしまう面を持つ〝何か〟であり、しかも、どんなに否定形を重ねても、それでもなお厳然と存在する実在である。

このことを、法華経の開経である無量義経に、その難解を表している。

「生命」は、有《う》に非《あら》ず、亦無《またむ》に非《あら》ず、因《いん》に非《あら》ず、縁《えん》に非《あら》ず、自他《じた》に非《あら》ず、方《ほう》に非《あら》ず、円《えん》に非《あら》ず、短長《たんちょう》に非《あら》ず……、紅《く》に非《あら》ず、紫種種《ししゅじゅ》の色《しき》に非《あら》ず……と。

生命は、現に万人に備わっている。だから、万人が実感できる具体性がある。

また、生命には多様性があり、豊かさや闊達《かったつ》さがあり、それでいて法則的であり、一定のリズムがある。しかも、〝生命〟には開放性がある。

外界と交流し、物質や、エネルギーや、情報を、たえず交換する開かれた存在である。それでいながら自律性を保っているかが生命であろうか。宇宙全体に開かれた開放性、そして調和ある自由……これが〝生命〟の特徴であると言えようか！

二十一世紀は〝生命の世紀〟と言われてきて久しい今日である。

現在この地球上を襲い続けている〝疫病《えきびょう》〟は、現代ではほとんど耳にしない「伝染病」と呼ばれていた。狭義では「法定伝染病」を指している。

病原菌（ウイルス）が空気伝染し、人から人に移って、同じ症状、同じ現象が、社会全体に表れる。インフルエンザ、百日咳、マラリア、赤痢《せきり》、コレラ、ペスト、パラチフス等々である。

今回の新型ウイルスは、非常に速い感染拡大であり、人間の眼に見えない、感染経路が不明であり、人が集まる場所での感染が最も多い！

今回のウイルスを招いた原因は政治、経済、文化等々とあろうが、これまで世界は、〝自由〟でありながら〝放縦《ほうじゅう》〟が過ぎた。人類たちの生命軽視、エゴイズムのタレ流し、思想、哲学の空位《くうい》、更には地球温暖化、オゾン破壊、粒子汚染と、大自然と宇宙生命の軽視化などからの手痛いシッペ返しとも言える。

その熾烈《しれつ》なウイルスと戦いながら、どの国のどの人々も、精神性の豊かな社会を取り戻そうと必死に模索し始めている。

同時に、その基盤となる確かなる生命観、蘇生《そせい》への智慧《ちえ》を求めて、国家も、国民も、政治家も、真摯《しんし》に耳を傾けざるを得ない新しい変革期を創り上げる〝時〟だと思う。

民族主義

米国ミネソタ州のミネアポリスで五月三十一日、黒人男性のジョージ・フロイド氏が、警官に道路上に膝《ひざ》で首を押さえつけられて死亡した。TVを観ていた全米の人々は、即座に各州で抗議行動を開始した。

各州の都市では、デモ隊が日増しに増え続け、ついにはあちこちで暴徒《ぼうと》と化し、建物や車を破壊し、店舗の略奪が相次ぎ、夜間外出禁止令が出された。

暴徒化したデモ隊を阻止するため、大統領は州兵まで出動させてしまった。

こうした略奪・暴動で、「人間の尊厳」と「生きる意味」までもが破壊されていく。

道義的にタガのゆるんだ社会に自由が取り戻されると、思いつく限りのあらゆる悪徳が、目もくらむばかりにどっと噴《ふ》き出すから怖いとしか言いようがない。

二〇二〇年の年が明けた頃から、世界は〝精神の戦国時代〟とささやかれていた。

しかも、その言葉通り、奇《く》しくも〈新型コロナウイルス〉が怒とうのごとく猛威をふるって、世界中に感染・拡散し、その威力はまさに〝悪魔のウイルス〟と化し、今も続いている。

現在の人間の世界は、概観するだけでも、そうした有為転変《ういてんぺん》の世の中に人々はいら立ち、恐懼《きょうく》し、精神が尖《とが》ってしまっている。何よりも、人間の〝心〟の欲求に関わっているだけにその深刻さは当然なことであろう。

特に、米国は多民族の集合体であり、人種のルツボと言われるだけに、民族的な人種差別と偏見がいまだに存在する民族主義の問題は、実に根が深いと思われる。

その民族主義を煽《あお》って、政治的、経済的、宗教的に利用しようとする動きは、なお絶えることない。なによりも人間の〝心〟の欲求に関わっているから、その深刻さは当然なことであろう。

つまり、自分は「どこから来て」「どこへ行くのか」というアイデンティティー〝自己を支える帰属意識〟への欲求が、民族主義の根っこにあるとも考えられる。

そうした中で、思想的には唯物論《ゆいぶつろん》から快楽主義、苦行主義に至るまで、混乱の極《きわ》みに達しているとも言えようか。

また、人間を取り巻くものは変わっているのに、人間だけ変われないでいるとも！

今、世界は〝自由でありながら、放縦《ほうじゅう》では決してない〟と思われる。

精神性の豊かな社会を万人が模索していると思われるが、その基盤となる確かな「生命観」と蘇生《そせい》への智慧《ちえ》を求められている流れの中で、政治家も、こうした智慧に真摯《しんし》に耳を傾けざるをえない〝時〟が来ている。

ある賢人の言葉には、これまでの共産主義も、資本主義も、人間を手段にしてきたが、人間が目的となり、人間が主人となり、人間が王者になる「宇宙的ヒューマニズム」の智慧が強く求められている、と！　だがしかし、智慧と知識の関係は、これからの時代の流れの中で、様々に論じ続けられると思う。知識がありながら智慧が無いよりも、知識は無くとも智慧があるほうが良いのではないか。

なかんずく、智慧も知識も両方あるのが理想であるが、根本は智慧ではあるまいか……。なぜなら、目的は〝幸福〟であり、知識だけでは〝幸福〟になれないからである。

また、知識は伝達できても、智慧は伝達ができない……それは、自分が体得するしかないからである。

現代という「精神の漂流時代」を正しく方向づけ、生命の尊厳に向かって進歩させていく壮大な文明的挑戦は、現代の諸科学も視野に入れた新しい「知と信」の統合である。それは「信念なき知識」と「理性なき狂信」に引き裂かれた人間社会を復興させる試みである。言うなれば「生命」という〝親〟の元に、〝放浪する息子〟「近代の知」が帰還する物語とも言えようか。

また、現代のめまぐるしい〝精神の戦国時代〟の中で、思想・哲学が空白状態であるからこそ、人々はアイデンティティーを民族に求めているのではないかと思われる。なぜなら、思想の真空には耐えられないからであり、現代の変革期は行き詰まった「哲学の空位《くうい》時代」である。

特に、ウイルスの蔓延《まんえん》で精神が涸《ひから》びてゆく中で、多様な民族と文化が、多様さを尊重しつつ、同じ人間・生命という次元で共生、連帯していき、多様性が世界に対立をもたらすのではなく、豊かさをもたらすようにしていくことを、私は願うものであります。


余談ですが、イギリスの科学雑誌『ネイチャー』に興味深い記事が載っていました。

それは、人々はどのようなメディアの情報に騙《だま》されやすいかを実験したものでした。

新聞とテレビとラジオを使って、同一人物が真実を語るインタビューと、嘘《うそ》をついているインタビューを並べて掲載・放送し、読者、視聴者に嘘を見破ってもらった。

その結果、人々がいちばん騙されやすいのはテレビ。逆に四分の三もの人が嘘を見破ったのはラジオで、新聞はその中間であったと！

人々は、映像には騙されても、声には騙されなかったのでしょう。

今は乱世です。思想も社会も乱れている。

そうしたなか、心ある人々は、人間と世界の行く末を考え始めている……このままでは柱の無い家のように、人間も社会も崩れていくのではないか！　そういう危機感を強く抱き始めている。そして人間が人間として、どう生きるのが正しい軌道《きどう》なのか、その道を模索している。

宗教についても、遠い無関係の世界のものとしてではなく、どう見ればよいのか、どう考えればよいのか、どう関わるべきなのか、切実な関心が寄せられている。

まるで精神的な幼児が、危険な火器をもて遊んでいるような国も存在している。

他人だけが不幸ではあり得ず、自分だけが幸福もあり得ない世の中である。

他者の中に自分を見、自分の中に他者を見、そして自分の中に他者との一体性を感じていく……そのような「生き方」の、根底からの変革期の只中《ただなか》に居ることを、私も深く感じる毎日である。

宇宙と宗教

宗教は、無知の上に成るものではない。

宇宙の真理、生命の実相は、深く探究すればするほどに、そこには広大無辺なる未知の世界があることが解ってくる。

そして、自己がいかに無知であるかに、思いを致さざるを得なくなってくる。

ある人が言った。科学が発達すればすべてが分かるというのは、科学を知らない人の独断である、と。むしろ真の科学者は、真理の世界がいかに拡《ひろ》く深いかを知り、謙虚な態度でこれに向かうことを忘れない。

この両者の違いは、古代ギリシャのソフィストとソクラテスの関係に対比できる。

ソフィストは、何もかも知り尽くしているかのごとくに振る舞い、ソクラテスは、彼らよりはるかに知っていたが、それだけに、未知の世界の存在に気付いていた。

彼は、自らの無知を知っているだけであると述べ、自ら知を愛する者と称した。

仏教では、何でも知っているかのように思いあがることを、増上慢《ぞうじょうまん》と呼んで、厳しく戒《いまし》めている。

自身の未熟を自覚し求めゆく人を、〝有羞《うしゅう》の僧〟という。

求道精神とは、この、どこまでも求めてやまぬ向上精神を言うのである。

随分と前のことの話であるが、日本のある新聞に、ロシアで科学探究にたずさわる若手研究者の間に新しい宗教が芽ばえている、と報道されたことがあった。

研究を進めれば進めるほど、この宇宙の絶妙なる機構を成り立たしめている本源的な〝法の存在〟に、畏敬《いけい》の念を、彼ら唯物論者すら禁じ得なくなってきたという。

これは、人間の心理として当然のことであり、本当の科学者とはそういうものであろうかと思われる。

そういえば、こと共産圏に限らず、日本でも、湯川先生などは、宗教に対して、深い関心を持っておられたことは有名である。

そして、あのアインシュタイン博士も、〝宗教なき科学は不具であり、科学なき宗教は盲目《もうもく》である〟と述べている。

多くの無関心の人は……人間が月に到達し、いわゆる宇宙時代の幕開けを見た今では、もはや宗教の拠《よ》りどころはどこにもなくなってしまった……と。

宇宙は人間にとって、神秘の世界の最後に残されたものであったから、その神秘のベールがはがされたことは、神秘性を基盤としてきた〝宗教〟に於いては、その土台をうばわれたのも同然であるなどと言うに違いない。しかし、それがまったくの誤解であることは、前述したことからも明白であり、なかんずく、仏教は、すでに三〇〇〇年も前に、今日の科学の発達によってようやく確証をつかむことが出来たほどの卓越した宇宙観を説きあかしているのである！

その一つに、仏教は、宇宙を構成する一つの単位として、三千大千世界《さんぜんだいせん》というものを説いている。三千大千世界とは、太陽、月、地球を含む一つの世界を一小世界とし、これが千の三乗《さんじょう》個集まったものをいう。

とすれば、これは一〇億になるが、他の一説では一〇兆にもなる計算の仕方もある。

ここで〝一小世界〟とは、一つの太陽を中心とする一恒星系《こうせい》であるから、三千大千世界とは、恒星の一〇億ないし一〇兆個もの集まりを意味することになる。

今日、銀河系宇宙を構成している恒星の数は約一億とされている。

数の上での違いはあるが、それは、このような星団を想定した識見《しきけん》の正しさを、いささかもキズ付けるものではない。

しかも、この星団は大宇宙の中に無数に存在し、宇宙は涯《はて》しなく広大なものであるとの考え方を前提にしているのである。

法華経には、五百塵点劫《じんてんごう》、三千塵点劫といって、この三千大千世界を、すりつぶして、粉《こな》にして、その粉の一粒一粒を、無数の三千大千世界を過ぎて、落としていくとの説話が出てくるが……この宇宙の涯しない広大さを考えなければ、こうした話は出てこないと私は思わずにはいられない。

仏教の宇宙観からすると、月への到着は、ようやく庭先に出たことになってくる。

やがて科学の発達は、すでに予定されている惑星旅行や、他の恒星への探検すらも可能にしてくれるであろう。


翻《ひるがえ》ってキリスト教世界に於いては、その中世に至るまで、宇宙は巨大なる歯車によって回転運動をしているという、今日から見れば実に面白い宇宙観が支配をしていたと聞く。天が動いているとするプトレマイオスの説は絶対とされ、地動説を唱えたコペルニクスやガリレオは異端とされていた。

天体を動かす歯車説は、不規則な運動をする惑星の軌道《きどう》を説明するため、ついには、八

○にものぼる歯車を考えなければならなかったという。このような宇宙観に立ち、宗教がこれまでの人類の精神を指導してきたのだと、ある科学者は慨嘆《がいたん》している。

宇宙時代が到来して久しいが、人間が大宇宙を自在に飛び回ることの出来る時代になったとしても、人間の精神を指導する力ある宗教が必要であることには変わるまい。未来の人類は、広大無辺の宇宙への認識が深まれば深まるほど、この宇宙の実態を余すところなく説ききり、同時に、科学では果たすことの出来ない生命の不可思議と尊厳性を確立した、深遠なる東洋の仏法の存在に、偉大な指導性と心の拠りどころを求めゆくに違いない……と私は想う。

大志

かつては、未開の世界は文明の周辺に広がっていた。
我が国でいえば、北海道が未開の地であり、南洋の諸島が未開の地であった。

昨年九月六日の、北海道大地震の災害の情報が、世界中に走った。
この北海道での地震災害は、すでに風化し始めている。あのクラーク博士が残した「青年よ大志を抱け」の言葉が、現代の若者たちにとっては、「大志を抱け」などということが、現代の感覚からおおよそナンセンスになっているようである。

その原因は様々に見方があるだろうが、現代社会の不条理は、大志さえ抱けば若者たちが存分に活躍できる舞台を、どこかへ消し去っている感があることである。

青年の特質は、純粋な情熱と、それを思うままに燃やそうとする〝志〟の大きさにあるのだろうか。

青年が青年らしく生きるとは、己れの志に殉じ、持てる力を悔いなく発散しきっていくことに他ならず、現代社会は青年から夢をうばい、青年の情熱を空《むな》しく朽《く》ち果てさせる非情な社会となっているのではと思う。

クラーク博士の言葉を、そうした現代社会で繰り返すことは、現代ではいかにも陳腐に聞こえるかも知れない。しかし、これに〝ナンセンス〟と罵声《ばせい》をあびせ、歴史の彼方《かなた》に葬《ほうむ》り去ることだけに終始するのは、更に〝ナンセンス〟だと言える。

青年が青年らしく生きられなくなってしまった現今社会の不条理を問うてはじめて、積極的な批判となることができようか。

またこの言葉は、かなり大時代的な臭いが強く、クラーク博士が口にした〝大志〟も、単に社会に認められ、名誉と富を築くなどといった浅薄《せんぱく》なものではなかったはずであり、そうした権威や既存の体制とはまったく関係のない、あくまでも「開拓精神」、つまりフロンティア・スピリットに満ち満ちたものであり、名誉欲を超えた純粋なものであったに違いないと、私は思う。

それがいつのまにか、近代日本を支えた独占資本と軍国主義の枠の中に取り込まれていったのであろうか。事業家として巨財を成すか、軍神として崇拝されるか、これら以外に男子の本懐《ほんかい》は無いかの如く言いならわされるに至ったのである。

こうして、大志を抱く青年の純粋さとエネルギーは、軍国主義日本の富国強兵のために巧《たく》みに利用されていった……。

戦後、大志という言葉は、青年を説得する力のない空虚な概念と化してしまった。昭和年代の者に関していえば、二度と国家権力や老かいな指導者たちの道具にはされたくないというのが、そもそもの考え方であった。

そうした気持ちは現代の若者たちにも、もちろん切迫した現実感としては薄くなってしまっているとはいいえ、まだ極めて濃厚に残されているようである。

戦前戦後の我々の世代のような生々しさは無くとも、むしろその後の幾多の時代の激動を経て、精錬《せいれん》され、結晶化されてきているとも言えようか。

確かに、現代社会はあまりにも複雑化し、高度に発達し、単純に〝大志〟を抱ける時代ではなくなっているとも言えようが、あらゆる組織と既存の権威の力が幾重にも根を張り、枝を広げ、少しの未開地も無く、完成され、安定しきった〝平成の終わり〟の社会とも見受けられる。


だが…果たしてそうであろうか。

ありとあらゆる根がからみ合い、枝葉がずっしりと重なり合っていることは事実であるが、それは完成と安定を意味するのでは決してなく、むしろ、社会全体がかってない激しい勢いで運動し、回転し、突き進んでいると、私には思われる。それに現今では、社会全体が未開地であり、むしろ逆に、文明中心地に近づくほど未開の度を強めているような気がする。

この新しい未開の分野に挑む青年たちに要求されるものは、むしろ逆に、理想に向かって燃える〝大志〟であると共に、時代と社会を正しく見きわめる英知ではなかろうか。

エネルギーのみあって為政者《いせいしゃ》の思考を見抜けず、時代の潮流《ちょうりゅう》を知らぬ愚かなる青年であってはなるまい。

そしてまた、いたずらに拒絶反応を起こすだけでも、青年としての特権も同時に捨ててしまうことになってしまうのではないだろうか。

まして狡猾《こうかつ》な指導者によっては、単純な拒絶反応は、それ自体も利用するに足るエネルギーである。青年は青年らしく、やはり〝大志〟を持つべきであるが、しかしそれは、既存の体制に依存した没主体的なものであってはならず、〝大志〟は、なにも体制の中にのみあるものではなく、青年の生きる道は常に「未来」なのである。

そして青年は〝大志〟を正しく実現していくための英知を持つべきであり、現在や過去のために自分たちの未来が犠牲にされることの無きよう、冷静な目をしっかり見開いてゆかねばならないと思う。

権力の魔性

魂なき科学技術…本来は主役であるはずの人間が科学の脇役となってしまった結果、その本性として一切を数量化し、人間のモノ化に拍車をかけてしまった。

核兵器は、権力の魔性《ましょう》の最たる象徴であり、人類を幸福にさせてくれるはずの科学が、反面いつの間にか権力者の手に渡り、最後には奪命者《だつみょうしゃ》という形を残してしまった原因は、人間憎悪が形となってしまったからである。


権力の魔性はいつの時代にも存在していたが、過ぎ去りし二〇世紀は、愚かな連中が勇気を持ち、賢い人たちが臆病だったような時代を投影していたのではなかろうか。

その権力の魔性は、あらゆるものを分断させてしまった。

宇宙と人間、人間と人間、国と国、社会と自然を完全に分断させてしまった。

イデオロギーで正当化され、その上に科学の素晴らしいはずの進歩というものが、悲劇を拡大してしまったのである。

この拡大無辺な宇宙の中の地球は、人類という〝種〟の魔性と、慈悲との戦いの舞台と化し、生命を手段にする欲望と、生命を目的とする慈悲との闘争となり、人間を砂粒化《すなつぶか》し無化していく力と、人間の生命の尊厳を具現化《ぐげんか》する力との壮烈なせめぎ合いは、二十一世紀の今日までも続いている。

二〇世紀は、原爆、ナチスの強制収容所に於けるガス室…これらがその象徴的なものであったが、近年に於いては、思想や欲望や宗教の乱れから発している民族紛争や、テロリストの大規模な狂乱の虐殺《ぎゃくさつ》、それらを徹底的に行える力を人間は手にしてしまっている。

地球が病んでいると言っても、本当の問題は、人間自身の心が病んでいることである。その病んでいる人間と国や民族や宗教の行く末を心配はしていても、何をどこでどう発言し、何をどのように行動すれば良いのか…分からない！　何かはやってみても、それが国や世界を良くすることに本当に役立っているのか、自信が持てないのである。

これが、戦後七〇年の現代人が置かれている状態であると言っても過言ではないと思う。

国といっても、民族といっても要は人間であり、人間の集まりであり、人間が創るものであり、また国家も民族も人間のためにあるはずであり、この素朴《そぼく》にして明解な事実、現実というものが様々なものに囚《とら》われ、見えなくなってしまったのである。独善的なイデオロギーや宗教に囚われ、誤った知識や感情に囚われ、間違った先入観に囚われ、根本的には人間と生命の無知に囚われてしまい、自分で自分を狭い世界に閉じ込めてしまった。

その囚われの鎖《くさり》を断ち切れば、相手を人間として尊敬が出来るようになるはずであり、そこから、人間としての対話が始まるのではないだろうか！


現代人は、自分自身を大切に思うことができないようである。自分を大切に思えないから、他人を大切に思うことが難しくさえなっているのだろうか！

自分も他人もまるで〝虫ケラ〟のように見えてしまう…これはまったく悲劇である。

人類の平和と幸福を、恐怖の権力の哲学で押し進めようとするネジれた思考が、現代人の心の深刻な精神失調を召いたのだろうか。

心に無明《むみょう》の闇《やみ》を引きずりながら、人間はテクノロジーを駆使《くし》して、地球全域に、更には宇宙へと距離を延ばし、自然環境を破壊してまで拡張につぐ拡張を続けてきた。

市場原理を尊び、経済のグローバル化を語りながら、月々日々に蔓延《まんえん》する精神の病いの確たる治療法も見つからないままに、〝宇宙船地球号〟は六十一億もの人類を乗せて、新しい二十一世紀に向けて見切り発車をしたのであった。

昨今のあまりにも痛ましい様々なる世界的な事件や出来事に、人々は、自分一人ぐらいが何をどう変えられるのかという無力感が、人生と社会の深く暗い部分に黒々と、その影を投げかけている……ここに、二十一世紀の現代の根本的な問題がある。


人生とは、光と闇、善と悪の戦いである。

人類が新たなるルネサンスの時代を迎えた今、〝宇宙大航海時代〟とも言うべき新しい夢見る冒険の時代を、手にし始めている。

宇宙の本当のことを知りたいという人間の素朴な、そしてごく自然な気持ちに、科学が宇宙に対する目を向け、宇宙と人間の生命が一体であり、切っても切れない関係で結ばれていることをすでに知るまでになった。

気が付いてみると、人間は自分たちが宇宙人であった！　だから宇宙について本当のことを知ろうとするのは、自分たちの本当の姿を知ることになり、宇宙の無窮《むきゅう》の中に佇《たたず》む地球には、大宇宙のリズムと人類の生命のリズムとの甚深無量《じんじんむりょう》なる響き合いがある。生きているという事は、大宇宙と我々の生命である小宇宙が〝共振《きょうしん》〟していることである。

自分を周囲のために捧《ささ》げようとすることは極めて難しいが、慈悲、人間愛の奉仕はその実践が困難であり、外面世界を動かすよりも人間自身の内面世界を変えることのほうが、はるかに難しいのである。

なぜなら、高邁《こうまい》な理想や溢《あふ》れる知識を持ちながら、社会に根ざした道徳や常識を持った智慧《ちえ》が無く、現実感覚に乏《とぼ》しい人間が、あまりにも多いからである。

量子力学《りょうしりきがく》

広大無辺なる宇宙は、永遠の時間と無限の空間によって成り立っているが、この時間と空間という縦横の拡《ひろ》がりの中に〝死んだ星の物質がどのように溶け込んでいくのか〟を記述するのが量子力学《りょうしりきがく》である。

〝死の世界〟だから、普通は見ることも、感じることも出来ない…、言わば目に見えない物質世界を探究するアンテナのような役目をする学問なのである。また、目に見えない分子や原子、素粒子などの超極微小の物質を通して〈星の死〉を解明する学問とも言える。

つまり、〝死の世界〟からの働きによるものと考えられている物質の「死の世界」が、我々の目に見える実際の現象世界に働きを及ぼす……。我々の世界と平行して存在する「別の世界」の何かが、我々の物質世界のモノを突き動かしている！

特に注目すべきは中性子星のことであるが、この中性子星は、爆発して死んだ星が残した〝燃えカス〟である！　この星は、輝きも無く、エネルギー源もまったく無い！　星が星でいられるのは、熱エネルギーによる外向きの圧力があるからで、例えて言えば、風船に空気がつまっているようなものである。

もし、星に熱エネルギーが無ければ、星は重力に逆らうことが出来ずに、大きさの無い一点にまで縮んでしまい、我々の感覚ではまったく捉《とら》えられなくなってしまう……。

ところが、現実にエネルギー源の無い中性子星が、大きさの有る星の姿を残したまま宇宙空間に存在をしている!!　言うなれば、空気も無いのに風船が膨《ふく》らんでいる…この事自体が、宇宙に遍満《へんまん》している物理的な実体の無い不可思議なパワー！

つまり、〝死の世界からの働き〟によると科学者の間で考えられているが、〝死の世界〟からの働きとなると、これは科学の世界をはるかに超えた思想、哲学あるいは高等宗教の世界であり、また「超常現象」の世界である。

順《したが》って、中性子星が〝宇宙の幽霊〟と呼ばれているのも、量子力学の分野が一面、哲学に最も近い科学であると言われている所以《ゆえん》である。

生命とは何か！を解明しているのは、科学の世界ではなく、高等宗教の世界である。宇宙はいろいろな可能性を持つ集合体であり、人間はその一つを選んだに過ぎない。今の宇宙はたまたま一つの宇宙であり、他の可能性もあったと思われるが、〝生命〟というものは時間、空間を貫いている無始無終《むしむしゅう》の実在せるものであろうか。

法華経の生命観では、この事を〝我《が》〟と論じている。

「其《そ》の身《み》」は有に非《あら》ず、亦《また》無に非ず、因に非ず、縁に非ず、自他に非ず、方に非ず、円に非ず、短長に非ず、出に非ず、没に非ず……！

このように三十四も〝非《あら》ず〟を並べて、生命の事を説いているが、これはたんなる否定ではなく、一方的な表現では断定しきれなく、つまり直截《ちょくさい》な形容では表現しきれない〝宇宙生命の輪郭《りんかく》〟を否定し、否定を重ねた上でその究極に於いて肯定する形でしか表せない「其《そ》の身《み》」を解き明かしたと言える。

宇宙生命を論じることは哲理として難解であるが、深い言葉の〝非《あら》ず〟の意味は、森羅《しんら》万象《ばんしょう》のすべてに通じることであり、〝我《が》〟という宇宙生命それ自体が近代の脳科学や精神科学とも受け止められようか。

超新星と呼ばれ、星の寿命が尽きた際に大爆発を起こして残った〝星の死体〟は、星が残した燃えカスで、巨《おお》きさのある星の姿を残したまま無気味に宇宙空間に静止している物体であり、宇宙空間の霊気中に彷徨《さまよ》いながら、不可解で神秘な、天文学的数字の数の超極微小の粒子が飛び散り、いまだにそのナゾは分からず〝宇宙の幽霊〟と呼ばれてきているが、「宇宙の本質・生命の本質・物質の本質」はそれを頭で考えれば考えるほど不可知で不可思議な存在であり、量子力学の世界が標榜《ひょうぼう》し始めているのは〈超常現象あるいは神霊現象〉の世界に近づきつつあるのかも知れない。

死体となった星の残骸は、紛《まぎ》れもなく物質世界から離れて、目には見えない不可解な〝生命〟が厳然と宿り、謎の粒子を放ち続けている。

この生命には、本来特有の自律性や発動性があり、それは元々宇宙に備わっていたもので、それは宇宙全体を貫く〝法〟のようでもあり、その法が顕現《けんげん》され具体化された実相《じっそう》というものが〝生命〟であろうか。そして生命とは、生と死を永遠に繰り返しつつ、過去、現在、未来と三世の流れの時間の拡《ひろ》がりの中で生成流転し、生きとし生けるものはすべてに、この生死流転の理《ことわり》を涯《はて》しなく続けている。

貪愛《とんあい》の母

コマーシャルというものが、人をしてその意識や感性を大いに左右していることは、間違いなかろう。

「腕白《わんぱく》でもいい、逞《たくま》しく育ってほしい」

時代の流れの速さで、随分と前になると思うが、心憎いほどにたくみに親心を突いたテレビコマーシャルが流れていたことを覚えている読者のお母さん方も多いでしょう。

私にもその昔、二人の娘がいて、狭いアパートの中を駆け回っていたことを懐かしく思い起こすことがある。

実際に暗くなるまで近くの公園で泥まみれになって遊びまわる子供たちの光影は、昨今では見られなくなっているのは寂《さび》しいことでもある。

ある団体が主催して都会っ子を山間の草原に連れてゆき、陣取り合戦をやらせたところ、かえって、付き添いの親のほうが往時を思い出してハッスルしてしまったなどという、笑うに笑えぬ話もある。


ワンパクといえば、画家で彫刻家の岡本太郎氏も相当なものであったらしく、なにせ利《き》かん気が強く、小学校一年にして転校に次ぐ転校をして、四つ目の慶応幼稚舎に入ってからやっと落ちついたほどであるという。

母親は、芥川龍之介をモデルにした『鶴は病みき』で文壇《ぶんだん》にデビューし、著名な文人であった岡本かの子。文学に情熱を燃やす彼女は、一日中、机に向かって読書や書きものをしている時が多く、かまってくれない太郎少年が、不満で背中に飛びついたりすると、母は兵児帯《へこおび》を我が子の胴に巻き付け、柱につないでしまうことが多かったそうである。

泣こうが、わめこうが、決して帯を解いてはくれなかったそうである。

明るい障子、庭に面した机に向かって長い黒髪を背にたらした母のうしろ姿…、それは私の目に強烈に焼きついた想い出だと、岡本太郎氏は記している。

確かに、辛《つら》く悲しかった太郎少年は、みじんも動かない母のうしろ姿に何か「神性感」

を覚え、〝強い一体感〟を抱いていたとも述懐している。

おそらく、かの子女史の性格もあったのであろうが、こうした母子関係は、普通の人には極端な印象を与えるかもしれない。しかしそこには、巷間《こうかん》言われるようなベトベトしたもたれ合いは一切ない。母は背で語り、子は母の背から、自立した人間の生き方というものを、無言のうちに本能的に学び取っているのである。


もう一つ、福沢諭吉の母をあげてみたい。

大分の中津を出て、大阪の緒方洪庵の塾に学んでいた諭吉は、安政三年九月、長兄の訃《ふ》報《ほう》を受けて郷里の中津に帰る。男兄弟は二人のため、諭吉が家督《かとく》をつぐことになるが、家督を相続した以上、郷里に止まるのが筋であるが、若き諭吉の向学の志は燃えさかるばかり。親類縁者に心の内を打ち明けても、すごい剣幕で取り付くしまがなかった。

思いあまった諭吉は、意を決して母に訴えた。「どんなことがあっても、私は中津の地で朽《く》ち果てようとは思いません。母上はお寂しいでしょうが、どうぞ我が教育者になるために手放してくださらぬか」と。

諭吉が実家を出れば、残るは老母と三歳になる長兄の遺児の二人暮らしになってしまう。

しかし母は中々に思い切りのいい性格で許してくれた。「母上さえそう言ってくだされば、誰がなんと言おうと恐いことはない」「おうそうとも。長兄は死んだけれども、死んだものは仕方がない。諭吉よ、お前もまたよそに出て、いつ死ぬかも知れぬが、生き死にのことは一切言うことなし、どこへでも出て征きなさい」と。

かくて諭吉は大阪行きが決まり、それは、諭吉が二〇歳をいくつか出たところであった。

この母の断がなければ、明治の思想界、教育界の先覚、福沢諭吉の名は聞くことが出来得なかったであろう。

日本は母性社会であると言われている。

だが、二人の母親の例に見られるような母性の持つ強さというものが、現代社会では徐々に毀《こわ》れつつあるように思えてならず、深く進行しつつある子供たちの登校拒否やいじめ、家庭内暴力などは、その証左と言える。

ある識者の話では、登校拒否児に共通する特徴として、母親と一緒に居たいという欲望と同時に、学校に行かせたいという母親の希《ねが》いに対する反発をあげている。その反発が、長じて家庭内暴力へと発展するという。

もとより，母親ばかりの責任では決してないだろうが、それらの根にあるものは，岡本かの子女史や、福沢諭吉の母の生き方とはまったく逆の、母と子のもたれ合い、癒着《ゆちゃく》した関係であろう。

「貪愛《とんあい》の母」とは、五欲に執着することで「色欲・声欲・香欲・味欲・触欲」…広くエゴイズム一般とも言えるであろうか。我が子に寄りかかり、思い通りにしようとする欲望も当然その中に含まれる。

「はえば立て、立てば歩めの親心」とよく言われてきた……。どこまでも、我が子の健全でたくましい成長を願うのが親心である。

であればこそ「貪愛の母」であってはならず、自らの生き方を正しく保ち、自信を持った〝後ろ姿〟を我が子の前に示していく以外にないと言えまいか。

海ガメのソフトパワー

一〇月十八日付のハワイ報知新聞で、オアフ島のカイルア・ビーチで〝ヒメウミガメ〟が多数ふ化したのが発見された、と紹介されていた。

カリフォルニア在住の旅行者の二人が、ハワイ滞在中の九月十六日、カイルア・ビーチを訪れた際、砂の上にタオルを敷いて座っていると、タオルの下から小さな〝ウミガメ〟が次々とはい出してきて驚いたという。

二人の下でカメが産卵し、ふ化したばかりの小さなカメ三〇匹ほどが、海に向かって移動していったという。

連絡を受けたNOAA（米国海洋大気局）の研究チームが、翌日、カイルア・ビーチに出かけ、砂を掘ったところ、卵の殻の他に、殻から出られないでいる二匹のカメがいたために海に放した。そこには七十二個の卵があり、そのうち六十四個がふ化しており、ふ化率は八十八・九パーセントだった。ふ化したカメは、太平洋に生息し、主に中央アメリカとインド洋にて産卵する〝オリーブ・ヒメウミガメ〟であることが分かったが、このオリーブ・ヒメウミガメは、九月頃ふ化し、体色は灰色で、通常、産卵から一カ月半でふ化するという。そして、二〇年〜二十五年で成熟するが、その年齢に達するウミガメはごくわずかで、うまく生き延びたカメは必ず生まれたビーチに戻って産卵するという。

また、通常ハワイで産卵するカメは、アオウミガメとタイマイの二種類で、夜間にふ化したあと、すぐに海に入るという。

ツルは千年、カメは万年と言われるように、カメは長寿のシンボルとして昔から親しまれているが、海ガメの研究で世界にその名が知られているピーター・プリチャード博士が、その愛すべきカメの生態について述べている。

カメは外敵に出合っても攻撃的にならず、逆に、いたずらな恐怖心も抱かない。硬い甲羅《こうら》にじっと身をひそめ、忍耐強く、外敵が退くのを待っている。

このソフトパワーとも言うべき外界への対応が、いたずらに傷つき、いたずらにストレスに陥《おちい》ることなく、長寿を楽しむ秘訣ではないだろうか、と博士は言っている。

また一面、カメは自らに妥協しない、強靱《きょうじん》な精神を備えている。どんな障害に出合っても、迂回《うかい》して通ろうなどという根性は決して持たないとも。正面突破でカベを突き破り、乗り越えようと、あくなき忍耐の挑戦を繰り返すのだとも博士は述べている。

人間の世界では、忍耐というと消極的なイメージが強くある……。だが、カメに関する限り、忍耐とは自己への挑戦と未来への希望に裏打ちされた、強く、健全な楽観主義の異名だとも、プリチャード博士は言っている。

ある年、ハーバード大学で、国際政治学の世界的権威であるカール・ドイッチュ名誉教授は、ソフトパワーの時代を待望しつつ、それは、一気の変革を意味するのではなく、一日一日、一ミリ一ミリと、不動の忍耐と前進の果てに築き上げられるものであると、洞察《どうさつ》に満ちたコメントを寄せている。
卒爾《そつじ》ながら、我が輩《はい》も希望と楽観主義の帆を高くかざし、自律と忍耐の櫓《ろ》を、月々日々にたゆみなくこぎながら、生命の世紀の大海原《おおうなばら》を目指したい。

さて、カメは、ふ化したその直後から本能的に集団的結束力を持つよう、この地球上に生まれ出てきているのではなかろうか。

であるならば、人間という〝種〟は、いずこにおいても宇宙本源の生命が正確に息づいている限り、美しい水の惑星の地球同様に、その生命に触れるところには宇宙的心情の胎《たい》動《どう》があり、偉大な進化と飛躍が促されるはずである。

「カメは万年」と寿《ことほ》がれているように、地球上における人間の場合には、最も原始的な生命が出現してから三〇億年にも及ぶ生命進化の基盤があったが、その根底には絶えず宇宙本源の生命が脈動していたと思われる。

そして人類の誕生において、宇宙生命の波動はかつてないほどの高まりを見せ、様々なる外敵の条件を受け入れつつ、しかも、それらの条件に触発されながら、生命進化を人類進化へと飛躍させてきた。この事実を人間の生命側から見れば、宇宙本源の生命への深く強烈な〝絆《きずな》〟を結んだことを意味する。こうした生命飛躍、人間的生命の誕生への基本的な原理は、たとえ人々の探索の手が届かぬような大宇宙の涯《はて》であっても、普遍的なものとして通用するはずである。

順《したが》って、本因《ほんいん》ともいえる大宇宙的な力と、様々なる条件との密接不可分の関り合いの中から、知性、倫理の人間性の火を抱いた生命が、ヒメウミガメの如くに産声を上げていくのであろうか。

カイルア・ビーチでのヒメウミガメの誕生のドラマに、宇宙生命との深き邂逅《かいこう》があり、宇宙生命的心情の胎動があったことは、我々人類が人間として生きることの根本的な意味と、そのあるべき姿勢を示唆《しさ》している。大宇宙の中のいかなる生命的存在であっても、孤立して、一人で生を営んでいるものはなかろうかと思われる。一見して何の関係もないような生きものや自然界の中に、一歩深く追求すれば、驚くほどの結び付きが見えてくる。

而《しこう》して、宇宙万物の間に張りめぐらされた、この微妙にして精緻な結び付きは、宇宙の中の自然界の〝生命の糸〟であろうとも表現できる。

そしてまた、自然界への征服欲、すなわち人間のエゴイズムの正当化の帰結として生まれた各種の公害、環境破壊問題、地球の温暖化…と、これらに対して生態学は、生物集団におけるこの〝生命の糸〟を明示することによって対峙《たいじ》した。

我々が森林に一歩足を踏み入れると、ウミガメの発見のごとく、実に数万匹もの微生物が確かな〝生〟を営んでいる。これら無数の生きものは、互いに〝生命の糸〟に結ばれて、助け合って生きている。大自然の懐《ふところ》に抱かれて、無数の生きものたちが助け合い、影響し合い、全体として調和と秩序が厳然と維持されている。

そしてまた、我々が住む地球という星は、大宇宙の秩序ある変転の中にあって、人間がどのような能動性を発現し得るかに地球と人類の運命がかかっている、と言っても少しも過言ではないはずである。

一生懸命

たいていの物事は〝楽しいからやる〟というよりも、〝やっているうちに楽しくなる〟という場合が多いのではなかろうか。

客観的な楽しいことなどは、どこにも無い。

楽しさや充実感は、それに取り組む人の内面からわいてくるものだからである。

だから〝やる気〟になることが、楽しさ探しの出発点と言えるであろう。

仕事にしても、イヤイヤ最小限のノルマを果たすようなことをしていると、そこには義務感しかなく、不満や苦痛で不愉快になるだけであり、そこでウサを晴らそうと酒を呑《の》んだところで、グチの酒になって旨《うま》いわけがなかろう。

そんな人と付き合ってくれる仲間も当然のことながら限られてくるだろうし、グチや不満でつながった似た者同士が語り合っている中から〝向上〟が生まれることは、とうてい期待しづらい。

そういう訳で、仕事に〝手抜き〟をしていると、人生そのものに〝手抜き〟をすることになってしまう。それならむしろすべてに前向きになって「ヨシッ!」と、肚《はら》を括《くく》って気合よく挑戦したほうがよろしかろう!

意欲があれば智恵がわくし、工夫も生まれて、達成感も味わえると思われる。

〝一生懸命こそ〟楽しさを生む良薬であり、中途半端では楽しさも充実感も逃げ、良い結果も出ず、悔いと疲れが残り、不健康にしてしまいかねない。

また、真剣にやった場合と、労力はそんなに違わないはずであり、せっかくの自分の行動を喜びと感激に変えていくためにも〝一生懸命〟を大切にしたいと思う。

最近、大地震に津波・台風・豪雨・崖崩れに河川の氾濫《はんらん》といった災害のニュースが相次いで伝えられている。悲惨な災害のツメあとからは、関係当局の予測の甘さと反省を指摘する声も聞かれる。身近な日常生活にあっても、〝なんとかなるだろう〟と甘えや油断に魔がつけこむすきが生じるのも怖いことである。

〝不慮《ふりょ》〟の事故といわれる交通事故にしても、よくよく反省すると、十分に防ぎ得た例が少なくないようである。不慮という言葉には〝不意の〟という意味だけでなく、〝とっさの出来事にも備えた細心の配慮と注意が不足していたための〟という意味も含まれている。

頭では分かっているつもりでも、ついつい惰性《だせい》に流され、生活習慣を改めることが出来なかったために、悪化につながるケースが実に多いと専門家は指摘をしている。

基本を大切にする細心の注意、甘えや油断を徹底して排していく勇気、その不断の努力が事故を防ぎ、無事故を築きあげて、確かな足跡を刻んでいく。

話しは変わるが、秋はおでんの湯気が懐かしい季節である。具の中でも、大根は素朴だが滋味《じみ》に溢《あふ》れ、これから更においしい時期となる。

「たまものの山芋も里芋もみな甘し、根を食ふ冬となりにけらしも」と佐藤佐太郎は歌っているが、根を食ふ冬とは、中国の詩人・蘇東坡《そとうば》の言葉から取ったものだが、言い得て妙である。初冬の頃になると、根類の野菜が多く出回り、山芋や里芋はもちろん、大根や蕪《かぶ》、蓮根《れんこん》などが豊かな季節の味覚を味わわせてくれる。

松茸の香りなどは、さながら香りの王であるが、ハワイでも松茸が食べられることは、実にありがたい。

そういえば、北原白秋にも「冬はいま、白くさやけき蓮《はす》の根の、紫ひかる切り口の孔」の歌がある。蓮根の切り口の紫だった色に、鋭く冬の訪れを感じとっているのであろう。

植物の根を食用にすることは、人類が古い昔から行ってきた…、エジプトのピラミッドの碑文《ひぶん》にも、ピラミッド建設に携《たずさ》わった人々にタマネギやニンニク、大根を食べさせたことが記されている。日本でも一〇世紀ごろの『延喜式《えんぎしき》』に、大根の栽培法が記載されている。下手な役者を大根役者というが、本物の大根はなかなかどうして〝名優〟と言ってよく、ナマでも煮ても、漬物にしても、実においしく、おまけに葉っぱから尻の先まで捨てるところがない。あの白く瑞々《みずみず》しい姿は、いかにも畑の土にしっかり抱きとられ、そこから吸い上げた滋養がたっぷりといった感じがする。

何ものであれ依《よ》るべき大地に深く根差すものこそ、己を豊かに出来るのであろうか。

一生懸命といえば「カムバック・サーモン」。鮭がこの時期から大量に回帰してくる。「サケはロマンによって川へ帰ってくるのではなく、必死の生存本能、種族保存本能に導かれて帰ってくる」と聞く。

鮭は北洋の荒波を回遊し、また母川へと戻る大航海を行うが、その間、大型の魚の餌《えさ》となり、傷つき、迷うサケも多く、回帰率はよくてわずかに三パーセントと言われている。その三パーセントの中に入るかどうか、これはまったく至難の業《わざ》であろう。怒とうの日もあり、様々な外敵もいる中で、ひたすらに、一生懸命に自らの母なる川を目指すのである。

我々人間も、社会の大海原を、サケに負けることなくひたすらに精進《しょうじん》で回遊し、見事に幸福の大河を遡《さかのぼ》りたいと願う。

無記

「世界は永遠なのか、否か！　世界は有限なのか、それとも無限なのか！　生命は身体に存するか、存在するものは、死後にも存在するのか、否か！」

中部経典（マッジマ・ニカーヤ）に伝えられる、マールンキャ・プッタという僧と釈尊《しゃくそん》との対話の中で、僧は釈尊に、なぜに私の質問に答えようとしないのかを問います。

すると釈尊は「ジャングルの中を歩いている一人の男を想像しなさい…、途中で毒を塗った矢に当たってしまうが、その毒矢が身に突き刺さったままでは、彼は死んでしまうだろう！」。その負傷者は言います。「誰が矢を射ったのか、その人は背が高いのか低いのか、太っているのか痩せているのか、若いか老人か、高いカーストの出身か低いカーストの出身かを知るまでは、私はこの矢を抜かない」と。

すると仏陀《ぶっだ》は「汝、マールンキャ・プッタよ、その男は正しい解答を得る前に死ぬであろう」と。

通常〝無記〟の根拠として、この教典にあるような「毒矢の譬《たと》え」が引き合いに出されるが、「釈尊の沈黙」について有名な論文を書いたトロイ・オルガンは、究極的な問題を見失って無益な瑣末《さまつ》の問題に迷うことを避けるためというのが、真実の理由に近いのではないかと推測をしている。

解りにくいことに、釈尊はこれらの重要な事柄に関して明解な説明をしようとせずに、人間の苦しみやその諸原因といったことに集中していた。一方、仏教のその後の解釈に於いて、これらの質問の幾つかに対する明白な答えが示されており、それらは近代科学の見解と矛盾しないものとなっている。

上述したような、世界の本質に関する重要な質問に対しての釈尊の黙止《もくし》ということは、いったい何であろうか！

〝無記〟の意義について、消極的・厭世的《えんせい》イメージを抱く人は、形而上学的《けいじじょう》・不可知《ふかち》な思弁《しべん》を嫌ったとか、悟《さと》りは言語化出来ないとか、また〝無記〟では釈尊が、哲学的思弁《しべん》より悟りの実践を重んじたのであるとも主張している。

釈尊が悟りの境地に到達して仏陀《ぶっだ》となったあと、しばらく自受法楽《じじゅほうらく》していたが、釈尊の心には次のような思いが生じている。

つまり、自ら悟った真理が貪《むさぼ》りと瞋《いか》りに悩まされている人々にはとうてい理解できないだろうと予想し、説法人の思いが消失していったが…、その時〝世界の主・梵天《ぼんてん》〟が釈尊に悟りの真理を解き明かすように勧《すす》めたが、説法する気にはなれず、三度目の梵天勧請《ぼんてんかんじょう》で釈尊は悟りの眼《まなこ》で世の中の生きとし生けるものを観察し、そして、世の中には汚《けが》れのない者や汚れの多い者、教え易い者、利根の者や貪根の者などと様々な者がいることを知って、釈尊は遂に説法の決意をした。

そしてその決意を込めて、梵天に次のように呼びかけた。「耳ある者共に甘露《かんろ》の門は開かれた、己が信仰を捨てよ」と！

梵天はこの釈尊の決意を聴いて姿を消したとあるが、この梵天勧請の意味についても、古来、様々な解釈があるが、菩提樹《ぼだいじゅ》の下で、釈尊が自分の悟った真理を民衆に説くべきか否かに大いに逡巡《しゅんじゅん》しつつ、遂に説法するに至った〈生命の葛藤《かっとう》〉を、釈尊と梵天の対話という形式で表現したのだと思われる。


釈尊の内なる世界では、すでに宇宙と一体化し、宇宙生命を自己自身のものとして、生きる釈尊が苦慮したことは、煩悩《ぼんのう》の中にいる民衆をどうすれば創造的覚醒《かくせい》へと導くことが出来るかという一点にあったと思われる。

また、登場する梵天とは、根源的な宇宙生命に備わる創造的エネルギーの神話化を指しているが故に、この梵天勧請の神話が意図していたものは衆生《しゅじょう》への大慈悲の故に、仏の悟りという言語化を成し難《がた》いものをあえて言語化しようとしたことであった。

そこに仏の説法があり、仏教が開創されたと思われるが、どのように言葉で語るにせよ、人々を悟りへと導かない時には、釈尊はあえて沈黙したと言ってよく、つまり〝無記〟とは一つの積極的意思表示であったのではなかろうか！

釈尊は、悟《さと》りのもたらす中道の智慧《ちえ》によって、バラモン教徒にも、それに反対する勢力にも、生命の中に深層の欲望・エゴイズムとしての〝無明《むみょう》〟が存在することを見抜き、その無明《むみょう》こそが苦悩の輪廻《りんね》をもたらす原因であり、仏教の示す包括的世界観への〝無知なる生命〟に他ならなかった。

釈尊の大いなる沈黙は、断固として議論を拒《こば》むことによって各自の生命内奥の煩悩《ぼんのう》に気付かせ、無明渇愛《かつあい》の根源を断ち切っていたのであり、そこに釈尊の慈悲心のもたらす〝無記〟の意義と〝無明〟を断ち切り、宇宙を創造しゆく表出《ひょうしゅつ》であったと言える。

余談であるが、拙著《せっちょ》である小説の『宇宙の鼓動』の中で、ＵＦＯと宇宙人が存在するのか、否か…という下りが作中に展開されているが、ホノルル在住の熱心な宇宙ファンの方たちが、この小説を読まれて懇談会を行った際に、質問の中に〝無記〟が出て数回、時代は異なっても、今回の篇の〝冒頭の部分が似かよっている〟を指摘され、現代流にお答えをさせていただいた。

法華経と文学

日本に於いては、多くの仏典の中で、法華経ほど文学の題材として取り上げられたものはない。

仏教が日本に渡来してしばらくした奈良時代になると、知識階級を中心に、仏教を取り上げた歌が詠《よ》まれるようになったが、当時は法華経はあまり題材としては取り上げられてはいなかったようである。

しかし、その一方では、民衆の間で法華経を取り上げた文学作品が生まれている。善悪様々に報いを受けた人々の体験を集めた『日本霊異記《りょういき》』という仏教の説話集には、他のどの経典からよりも、法華経から圧倒的に多くの話題がとられている。

日本に伝来した法華経は、奈良時代、エリートの中でよりも、むしろ民衆の中で受け入れられていった。いかにも現実の民衆を救う経典と言うにふさわしい話である。

平安時代に入り、伝教大師が、法華経を根本とした日本天台宗を創設した頃から、法華経は、中央の知識階級も含め、文学の世界でも経典の王座を占めるようになり、貴族社会でも法華経の講会《こうえ》が盛んに行われ、法華経は一般教養として欠かせないものとなっていた。

なかでも、清少納言《せいしょうなごん》の『枕草子』では、法華経の説法を中座しようとした清少納言に、藤原義懐《よしちか》が「やあ、退くもまたよし、お帰りですか、それもまたよろしい」と皮肉ったのに対して、清少納言が「あなた様も、五千人の中にお入りにならないこともないでしょう」と言い返したことが描かれている。

これは、法華経方便品《ほうべんぼん》〈第二章〉で、五千の上慢《じょうまん》が法華経の説法の場から退場したのを、釈尊が「このような増上慢《ぞうじょうまん》の人は、退くのもよいだろう」と言ったことに基づいた話ですが、法華経がかなり浸透していたことがうかがえる。

また、世界最古の長編小説と言われる『源氏物語』においても、法華経がもっとも多く言及されている。

そしてまた、登場人物たちが主催する重要な仏事にも、〈法華《ほっけ》八講《はっこう》〉と呼ばれる法華経の講義が多く登場する。

物語の中では、二十三歳の主人公の光源氏が天台三大部とその注釈書を合わせた六十巻を読んだと記され、法華経に精通しているように設定されている。

有名な〝雨夜《あまよ》の品定《しなさだめ》〟の構成が、法華経の「三周《さんしゅう》の説法」の形式をふまえたものとする学者もいるようである。

平安時代の中期以後には、天皇をはじめ、多くの貴族らが法華経の各品に題材をとった和歌が残されている。こうした一品経詩《いっぽんきょうし》といわれる形式は、中国でも盛んであったことから、影響を受けたとも言われている。

学者のある調査によると、一番詠まれたのはやはり、「方便品《ほうべんぼん》」「寿量品《じゅりょうぼん》」であるが、その後に続くのは「提婆達多品《だいばだったぼん》」、そして、法華経の〝七譬《しちひ》〟が説かれている「譬喩品《ひゆぼん》」「信解品《しんげほん》」「薬草喩品《やくそうゆほん》」「五百弟子品《ごひゃくでしほん》」だと言われている。

たとえば「ゑ《え》ひのうちかけし衣《ころも》のたまたまも昔のともにあひてこそしれ」＝発心《はっしん》和歌集＝は、衣裏《えり》の珠《たま》のたとえを素材としている。これは、〝酒に酔っているうちに、衣の内側にかけた珠も、たまたま、昔の友に会って、はじめて知った〟との意である。

「ゑひのうち」と〝衣〟のうちをかけ、「衣の珠」と〝たまたま〟をかけている。

また、「世の中にうしの車のなかりせばおもひの家をいかでいでまし」（詠み人知らず）は、〈三車火宅《さんしゃかたく》〉の〈譬《たと》え〉である。〝世の中はもの憂《う》い、救い出してくれる牛の車がなければ、思《おも》いの火に焼かれる家を、どうして出ることが出来ようか〟の意である。

これは〝牛〟と〝憂し〟と、〝思いの家〟と〝火の家〟をかけている。

かけ言葉として、自在に使えるほど、法華経の譬喩《ひゆ》が人々の間に浸透していたと思われるが…、それにしても、これほど人の心を引きつける法華経の譬喩の力は、いったいどこからきたのであろうか！

特に「すべての衆生《しゅじょう》を仏に」とする主張は、そこに釈尊の並々ならぬ思いに深さを感じられる。

二十一世紀の今日、知識の飛躍的増加が進む〝ＩＴ・ＡＩ〟の情報社会にあって、ふと立ち止まって考えれば…、現代は何かが間違っている……何かが必要である……。

それは科学でも、社会主義でも、資本主義でも、幸福はない！

どんなに会議を開いても、道徳を訴えても、心理学を講じ、哲学を論じても、何かが欠けている……現今の人間の〝心〟の情景は、このようなものではなかろうか。

人間社会の全体としては、以前よりも豊かになっている。

より多くの富と時間を享受している。

だがしかし、うまく規定できない本質的な何ものかが欠けているようである。

〝我々は、どこかで道をあやまったということを理解しなければ〟、いずれ自分を人間として感じることが次第に稀《まれ》になっていくような気がしてくる。

今、コロナショックを受けた人間の心象は、〝心の中にとてつもないショックを受けた〟

と表現している。

人は〝どこから〟、そして〝どこへ〟、そしてまた何のためにこの世に生まれてきたのか、という問いに対して、決して無力感に陥《おちい》ることがあってはならないと思われる。

その無力感の対極にあるのが、一人の人間の可能性と生命の尊貴さを極限まで教え導いた、古来の「経の王」と言われてきている法華経の思想、哲学だと私は思う。

ノーマン・力久《りきひさ》
1940年、佐賀県生まれ。高校卒後上京、東宝撮影所、日活と映画撮影の照明技術を経て、以後コマーシャルフイルムの世界に従事。
1981年、米国ハワイ州ホノルル市に永住。
2015年2月、ハワイ報知新聞にてエッセイ『獺祭記』の連載を始める。
［著書］
1995年9月『宇宙の囁き』近代文芸社 デビュー作
2000年8月『続、宇宙の囁き』新風舎
2002年5月『宇宙の囁き 完結編』新風舎
2010年12月『宇宙の鼓動』東洋出版社
2013年11月『宇宙の鼓動II　神の礫編』東洋出版社

獺祭記

2020年11月15日　初版発行

著　者　ノーマン・力久
発行人　福永成秀
発行所　株式会社カクワークス社
〒150-0043　東京都渋谷区道玄坂2-18-11　サンモール道玄坂704
電話　03(5428)8468　ファクス03(6416)1295
ホームページ　http://kakuworks.com

装　丁　なかじま制作
ＤＴＰ　スタジオエビスケ

ISBN978-4-907424-30-5